双子の妹になにもかも奪われる人生でした……今までは。

Inori
祈璃

Illustration:Kurodeko
くろでこ

JN098731

CONTENTS

双子の妹になにもかも奪われる
人生でした……今までは。

「誕生日おめでとう、リコリス」

「ありがとう、ロベルト」

リコリスは婚約者であるロベルトからの花束とプレゼントを受け取り、穏やかに微笑《ほほえ》む。

ロベルトの腕にはリコリスが受け取ったのとまったく同じ花束とプレゼントがもうひとつ抱えられたままだったが、それは気にしない。ロベルトが無表情なことも、声の抑揚《よくよう》がほとんどないことも、気にしない。

すべていつものことだからだ。それを気にしていちいち傷付くのに、リコリスはもう疲れていた。

「開けてもいい？」

「ああ」

了解を得てからプレゼントの包装を解き、現れたジュエリーケースを開けると――その中にはネックレスが入っていた。繊細《せんさい》な作りの、小ぶりで綺麗な緑色の宝石があしらわれた可愛《かわい》らしいネックレスだ。

「ありがとう。とてもうれしいわ」

心からの言葉だった。

ロベルトはプレゼントのセンスがいい。特になにも聞かれていないが、彼は毎年リコリスが喜ぶものを見つけて贈ってくれていた。

（私のために、なのかはわからないけど……）

そんな自嘲《じちょう》的な言葉が頭に浮かんだ直後、背後から「ロベルト！」と愛らしい声が聞こえてきた。

振り向かなくてもわかる。

リコリスの双子の妹――マーガレットのお出ましである。

マーガレットは軽やかな足取りでホールの階段を下りてくると、リコリスの隣に並んでにっこりと笑った。

「今日は私の誕生日会に来てくれてありがとう」

（私の、じゃなくて、私たちの、でしょ）

……という文句は呑み込んだ。

言ったところでどうせ、「ただの言い間違いなのに、リコリスは神経質で心が狭いのね」なんて言われてこっちが悪者にされるのは今までの経験から目に見えている。

それに、母に告げ口でもされて、無駄に怒られるのにもリコリスはうんざりだった。

暗い顔をするリコリスの前で、ロベルトは無表情でマーガレットにも花束とプレゼントを差し出す。

「……誕生日、おめでとう」

「まあ、ありがとう。プレゼントは今開けてもいいのかしら？」

「好きにすればいい」

ロベルトからプレゼントを手渡されたマーガレットが、もったいぶるようにゆっくりとプレゼントの包装を解いていく。

中から現れたのは、リコリスがもらったのとまったく同じ、緑色の宝石があしらわれたあのネックレスだった。

「すごく綺麗……あら、今年もリコリスと同じものなのね」

マーガレットは目を細めて笑いながら、リコリスと視線を合わせた。

暗に『自分は婚約者でもないのに、婚約者のお前と同じものをもらえている』と主張したいのだろう。

これもここ数年はいつものことなので、リコリスはもうどうでもよかった。いや、どうでもいい……というよりは事実なのでどうしようもないことなのかもしれない。

最初の頃はロベルトも、婚約者のリコリスにだけ特別なプレゼントを用意してくれていた。

しかし、三年ほど前から、なぜかロベルトはマーガレットにもリコリスと同じプレゼントを渡すようになった。

理由はわからないし、尋ねたこともない。

わざわざ答えを聞いて傷付くのが、リコリスは怖かった。

ただ、マーガレットにプレゼントを渡すときのロベルトの表情が普段より冷ややかに見えることだけが、リコリスにとっては救いだった。

きっと勘違いだろう。

それでも、そう思い込んでいる方が幸せだ。


今日はウィンター伯爵家の双子の姉妹、リコリスとマーガレットの十八歳の誕生日。

伯爵家ではふたりの婚約者を招いて、身内だけの誕生日会が行われていた。

……といっても、いつもより少し豪勢な食事会といった、フランクな雰囲気の誕生日会だ。

「ヒューゴ、最近騎士の仕事はどうだ?」

父がマーガレットの婚約者であるヒューゴにそう尋ねた。

ワインを飲んでいたヒューゴは、どこかつまらなそうな表情で淡々《たんたん》と答える。

「特に変わりはないです」

「そ、そうか……」

「…………」

父は苦笑いを浮かべる。

ヒューゴの隣に座るマーガレットも無言で表情を曇《くも》らせ、皿に盛られたサラダを睨《にら》むように見下ろしていた。

ヒューゴはテランド伯爵家の次男で、現在は王宮に勤める騎士である。

幼い頃のヒューゴは明るくて、活発で、みんなの人気者だった。いや、リコリスとマーガレット以外の前では今もきっとそうなのだろう。

リコリスが十三歳の頃、とあることがあってからヒューゴはリコリスとマーガレットに冷たくなってしまった。それは、五年たった今でも変わらない。

あの日、目に涙を溜めながら怒っていたヒューゴのことを思い出すと、リコリスは今でも胸が苦しくなる。

けれど、あのときも、今も、リコリスは自分がどうするべきだったのかわからない。きっとこれから先も、リコリスがヒューゴに許されることなどないのだろう。

リコリスがぼうっとしているうちに、室内は気まずい沈黙に包まれていた。客人であるロベルトとヒューゴだけが、黙々と食事を続けている。この苦痛な誕生日会から、彼らも早く逃げ出したいのかもしれない。

その静寂を拒むように、母は引きつった笑みを浮かべながらロベルトへと話しかけた。

「ロ、ロベルトはどうなの？　王太子の補佐だから、毎日大変でしょう？」

「普通です」

「そ、そうなの……」

にべもない返事をされ、母はらしくもなくどこかしゅんとしていた。

それを気にした様子もなく、ロベルトは静かにスープを口に運んでいる。

彼に関しては、特に喧嘩をしているとか、仲が悪いとか、そういうわけではない。この冷たいほどに無愛想な態度が彼の素だった。

ロベルトはフリーデル侯爵家の長男で、今は王宮で王太子補佐のひとりとして働いている。いわばエリート中のエリートだ。

昔から頭がよくて、本ばかり読んでいる男の子だった。ただ、その分今も昔も他人に興味がないらしく、コミュニケーション能力は著しく乏しい。

婚約者であるリコリスも、ロベルトとの会話が弾んだことはあまりなかった。リコリスも物静かな性格なので、当然と言えば当然なのかもしれない。

しかし、リコリスとふたりきりでいるときのロベルトなら、今よりももう少しは喋《しゃべ》る。特に緊張しているわけでもなさそうなので、大勢の前で喋りたくないだけなのかもしれない。

（なんでこのふたりを呼んだんだろう……）

誕生日会なんて家族だけでよかった。こんな空気になるくらいなら、婚約者だからといって無理にふたりを招くこともなかっただろう。

しかし、ここ数年は毎回マーガレットがどうしてもとロベルトを招きたがった。ロベルトを招くとなれば、当然マーガレットの婚約者であるヒューゴも呼ばざるを得ない。

そうして、今年も地獄の誕生日会がはじまってしまった。

「大変なお仕事を『普通』だなんて……ロベルトは優秀なのね」

マーガレットはうっとりと微笑《ほほえ》んだ。

どう考えたらそうなるのかと、リコリスは少し呆《あき》れてしまったが、「そうね」と母も明るく頷いていた。

そんなマーガレットと母に苦笑しつつ、父はリコリスへと明るい声をかけてくる。

「よかったな、リコリス。優秀な婚約者を持てて、お前も鼻が高いだろう」

「は、はい……」

リコリスはそんなことよりも、とにかくこの気まずい誕生日会を早く終わらせてほしかった。

ステーキを切り分ける手の動きが無意識に早まる。

――ちょうどそんなときだ。向かいの席から、やけに甘い、ねだる声が聞こえてきた。

「私、やっぱりロベルトと結婚したいわ」

手元のナイフが皿にあたって、カチャンと甲高い音を立てた。

向かいから発せられた双子の妹の無邪気な言葉の意味が、リコリスには理解できなかった。いや、理解したくなかっただけかもしれない。

リコリスがおずおずと顔を上げると、マーガレットが天使のように明るく微笑んでいた。

周囲を掌握《しょうあく》する、悪魔の微笑みだ。

◇◆◇◆◇

リコリスとマーガレットは生まれたときからまったく似ていない双子だった。

父親譲りの黒髪に、母方の祖母譲りである緑の瞳を持つリコリスと、母親譲りの金髪と青い瞳のマーガレット。顔立ちもリコリスが大人っぽい落ち着いた雰囲気であるのとは対照的に、マーガレットは愛らしく派手な見た目をしていた。

加えて、ふたりは見た目だけでなく、中身も正反対な双子の姉妹だった。

よくいえば真面目なリコリスは悪くいえば退屈な少女で、悪くいえばあざといマーガレットはよくいえば無邪気な少女。

見た目も中身も正反対なふたりは、幼い頃からあまり仲がよくなかった。

それは、マーガレットがやたらとリコリスを困らせるような言動を繰り返したからであり、まわりからの扱いの差にリコリスが複雑な感情を抱いたからである。

「私、やっぱりそっちの方がいい！」

これが幼い頃からのマーガレットの口癖だった。

そっちというのはもちろん、リコリスのもののことだ。

ドレス、お菓子、ぬいぐるみ、誕生日プレゼント——マーガレットはリコリスのものをあれもこれもと欲しがり、けれど手に入れてしまうと途端に雑に扱って壊してしまう。

お気に入りのクマのぬいぐるみを取られた挙句、そのぬいぐるみの腹から白い綿があふれているのを見つけたときには、それまで我慢していたリコリスもさすがに怒らずにはいられなかった。

「……これ、私のよね？　どうしていつも私のものを取って壊すの？」

幼いリコリスがマーガレットに詰め寄ると、マーガレットは面倒くさそうに壊れたクマのぬいぐるみを一瞥《いちべつ》して言った。

「……わざとじゃないわ。借りてたら壊れたの」

「でも、私のものを壊したのはこれが初めてじゃないでしょ？　わざとにしか思えないわ」

リコリスの苛立ちに、マーガレットは「はぁ……」と煩《わずら》わしげにため息をついた。かと思うと、リコリスの背後を見て、一瞬だけ口角を吊り上げてニヤっと笑う。

その笑みに、リコリスは嫌な予感を覚えた。

「マーガレット……？」

リコリスが声をかけた瞬間、突然マーガレットが両手で顔を覆《おお》って「うわーん！」とわざとらしい嘘泣きをはじめた。

リコリスが呆気に取られていると、背後からバタバタと品のない足音が聞こえてくる。

「マーガレット！」

駆け寄ってきたのは、リコリスとマーガレットの母だった。

マーガレットと同じ金髪を結い上げた母はマーガレットの傍にしゃがみこみ、泣き真似をするマーガレットの顔を覗《のぞ》き込む。

「どうして泣いているの、マーガレット？」

「私がお姉様のクマのぬいぐるみを壊してしまったの……そうしたらお姉様が怒って、私に『死ね』って……」

「まあ！」

母が驚いた声をあげたが、おそらく一番驚いていたのはリコリスだった。

死ねなんて言っていない。というか、そんな言葉は今まで一度も口にしたことはなかった。

しかし、立ち上がりながらリコリスの方を振り返った母は、剣呑な目でリコリスを見下ろす。

「おもちゃを壊しただけの妹に死ねと言うなんて、なんて恐ろしい子なのかしら」

「わ、私、そんなことは言っていません！」

「いつも言われてるの。お姉様はきっと私のことが嫌いなんだわ」

また「うわーん！」とわざとらしい声をあげてマーガレットが泣き真似をした。

なぜ母が騙《だま》されているのか不思議なくらいだが、母は「よしよし」とマーガレットの金髪を撫《な》でている。そして、リコリスの方を一瞥もしないまま、冷たい声でリコリスに言うのだ。

「リコリス、あなたはお姉さんなんだから、マーガレットに優しくしてあげなければダメよ」

「で、でも、お母様……私、死ねなんて言ってません。それに、マーガレットが私のぬいぐるみを取って、壊したんです……」

「ぬいぐるみなんてどうでもいいじゃない。あなたはこの家の長女なんだから、色んなことを我慢するのは当然なのよ」

『あなたはこの家の長女なんだから』

……これが母の口癖である。

そして、姉妹間の差別を助長させる呪いの言葉でもあった。


リコリスだって紛《まぎ》れもなく母の娘であるはずなのに、母は物心ついたときからリコリスに厳しかった――……否、冷たかった。

リコリスはわけがわからず、けれど母に冷たくされるのが悲しくて、母に気に入ってもらえるよう色々なことを努力した。勉強もがんばったし、マーガレットに自分のものを取られても、理不尽に母に怒られてもなるべく我慢した。母に愛してもらいたい一心だった。

……けれどある日、リコリスは両親が話していたのを偶然聞いてしまう。

「お前、リコリスにだけ少し厳しすぎやしないか？」

「そんなことないわよ。あの子は長女なんだから、あれくらい厳しくするのが普通でしょ？　あなたが甘やかしすぎてるくらいよ」

「そうだろうか……」

母が強い口調で言い返すと、途端に父の語気が弱くなる。

父は娘たちに平等に接してくれてはいたが、仕事で家にいる時間がそもそも少ない。それになにより婿養子で気が弱いので、ずっと母の尻に敷かれているような状態が続いていた。

母は不愉快そうにフンと鼻を鳴らす。

「そうよ。私なんてもっとお母様に厳しく躾《しつけ》けられたわ。リリーナなんて、なにをしたって怒られなかったのに……」

その母の声に、一瞬ほの暗いなにかが宿った気がした。

リリーナとは、母のふたつ下の妹のことで、今は遠くの領地の貴族に嫁いでいる。リコリスは一度くらいしか彼女に会ったことはないが、母とはあまり似ていない、天真爛漫《てんしんらんまん》で明るいひとだった。

彼女の瞳は綺麗な緑色で、それはリコリスと同じ瞳の色だ。母方の祖母も同じだったというその瞳の色を、リコリス自身は気に入っていた。

しかし、母はマーガレットの青色の瞳を綺麗だとよく褒《ほ》めるが、リコリスの緑色の瞳を褒めてくれたことは一度もない。

むしろ、リコリスと視線が交わったときの母の瞳には、いつも形容しがたい闇があった。それが恐ろしくて、不安で、リコリスはそれに気付かないふりをして母に笑いかけていたが、母が笑い返してくれた記憶はない。

リコリスが傍にいることも知らず、母は恨み言のように言葉を続ける。

「お父様とお母様はいつもリリーナ、リリーナって甘やかして……私なんか、少し口答えをしただけで腕を扇《おうぎ》で叩かれたわ。今も痕《あと》が消えないのよ」

確かに、母の左腕の内側には、黒く変色したアザのようなものが残っていた。いつも長袖の服を着て隠しているので、知っているのは家族と側仕えの侍女くらいだろう。

「あ、ああ、それは知っているよ。お前が色々とつらい思いをしていたのは、結婚する前から聞いている。だが……」

「……なに？　もしかして私があの子を愛してないって言いたいの？　はぁ……あなた、長女のリコリスが婿を取ってこの家を盛り立てていかなきゃいけない可能性が高いってわかってないのね。立派な伯爵夫人になれるよう厳しく教育するのは親として当然の務めでしょ？」

「…………」

捲《まく》し立てるように告げられた母の言葉に、父はとうとう黙ってしまった。

なおも母の勢いは止まらず、吐き捨てるように言う。

「リコリスに厳しくするのなんて当たり前よ。だって、私もそうされたんだから」

「そうか……」

それから、リコリスはどうやって自分が自室へと戻ったのかはっきり覚えていない。

リコリスはずっと、母は自分のために厳しく接しているのだと信じていた。

……いや、信じたかった。

けれど本当は、母はリコリスのためにリコリスに厳しくしていたわけではなかったのだ。

自分によく似たマーガレットを可愛がることで、過去の自分を救いたかったのだろうか。それとも、自分がされたことを同じ立場のリコリスにすることで、自分はかわいそうな子どもではないと思い込もうとしているのか。

もしくは、ただ鬱憤《うっぷん》を晴らしたかっただけなのか――……

母の気持ちなど、リコリスにはわからない。わかりたくもない。

ただ、どれだけ努力しても、リコリスがマーガレットのように愛されることがないことだけは確かだった。


その日を境に、リコリスは努力をすることも、母に愛されたいと思うこともやめた。

マーガレットが欲しがるものは全部あげたし、それを壊されても怒ったり悲しんだりすることもなかった。

もう疲れてしまったからだ。

今までの努力がなんの意味もなかったことがわかって、リコリスの心は完全に折れてしまっていた。愛も救いもこの世にはないのだと、そう諦めていた。
しかし——リコリスが十歳の頃、ある転機が訪れる。

「初めまして！」

「は、はじめまして……」

太陽のように元気いっぱいな少年の笑顔に、リコリスは気圧されながら挨拶《あいさつ》を返した。

それがふたつ年上の少年——ヒューゴ・テランドとの出会いだ。

ヒューゴは笑顔のキラキラした、明るくてカッコいい男の子だった。燃えるような赤い髪と、意志の強そうな金色の瞳が印象的で、対面したリコリスはわけもなくドキドキした覚えがある。

正式に婚約者として紹介されたわけではない。それでも、いつか婚約者になるかもしれないと、貴族の子どもとしてお互いが理解していた。

ヒューゴは大人しい引っ込み思案のリコリスの手をぐいぐいと引っ張ってくれるような存在で、リコリスは彼の隣にいると楽しかった。

鬱々《うつうつ》とした人生の中で、徐々にヒューゴの存在だけがリコリスの救いになっていった。

「リコリスは、自分の家のことが嫌いなのか？」

「えっ……」

ヒューゴと出会って二年ほどたったある日のこと。

突然の問いに、リコリスは目を丸くした。隠してきたはずの苦しみを見透かしていたらしいヒューゴの言葉に、リコリスは驚きを隠せない。

マーガレットを中心に動く家の中はリコリスにとって地獄にも近かったが、外面のいい家族はそれを表に出したことはなかったはずだ。もちろん、その『家族』には一応リコリスも含まれている。

(どうしてわかったの？)

うまく言葉を紡《つむ》げないリコリスを、ヒューゴの金色の目が真っ直ぐに見つめてくる。

リコリスはおろおろと目を泳がせた。

「それは、その……」

「嫌いなんだろ？」

「………はい」

リコリスが消え入りそうな声で返事をすると、「やっぱりな」とヒューゴが頷く。

「ウィンター伯爵家にいると、リコリスはいっつも暗い顔してるもんな。マーガレットが傍にいるときは特に」

「わかるの……？」

「わかるに決まってるだろ。婚約者なんだから」

「ま、まだ婚約者じゃないでしょ！」

「でも、そのうちそうなるだろ」

さらりと言って、ヒューゴは庭園の芝生の上に寝転がる。行儀はあまり良くないが、リコリスはヒューゴのこういう飾らないところが嫌いではなかった。

今日、リコリスはテランド伯爵家に招かれて、ヒューゴとお茶会をしていた。なんてことはない。婚約者候補として親睦を深めるためのお茶会だ。

リコリスは芝生の上に寝転がったヒューゴの整った顔を無言で見下ろす。

「…………」

「なんだよ？」

「別に……」

「俺と結婚するのが嫌なのか？」

「そういうわけじゃ……」

ただ、ヒューゴも本当はマーガレットの方がいいと思っているのではないかと、そんな不安がリコリスにはあった。

歳の近い男の子はみんな、リコリスよりマーガレットの方が好きだという。双子なのに似ていなくてかわいそうだなんて、そんな酷《ひど》いことを面と向かって言ってくる貴族の子どもだっていた。

言葉を濁《にご》すリコリスを見上げ、ヒューゴは口角を上げて笑う。

「ならいい。あと数年の辛抱だ。俺がウィンター伯爵家の婿になって、お前を守ってやる。マーガレットもロベルトと結婚して家を出ていくんだから、今よりずっと暮らしやすくなるぞ」

ヒューゴの言葉にリコリスは呆気に取られて、目をぱちぱちと瞬《しばた》かせた。

その五秒後――リコリスの顔がじわじわと赤くなっていく。

「なっ……と、突然、なにをっ……」

「どうした？　急にプロポーズされて照れてるのか？」

「〜〜〜もうっ！」

リコリスは真っ赤な顔を隠すように、ふいっとそっぽを向いた。

背後からヒューゴの楽しげに笑う声が聞こえてくる。でも、決して不快ではない。

ヒューゴが守ってくれると言ってくれて、リコリスはうれしかった。早く大人になって、ヒューゴと結婚したいと思った。

……しかし、それから一年もしないうちに、悲劇が起こる。


「私、やっぱりヒューゴと結婚したいわ」

夕食の時間、向かいの席から突然そんな声が聞こえてきた。

リコリスはスープを掬《すく》おうとしていたスプーンの動きをぴたりと止める。

向かいから発せられた双子の妹の無邪気な言葉の意味が、リコリスには理解できなかった。いや、理解したくなかっただけかもしれない。

リコリスがおずおずと顔を上げると、双子の妹のマーガレットが天使のように明るく微笑んでいた。

いや、悪魔のように……だろうか。

マーガレットのその笑みは、すぐに両親へと向けられる。

「ねぇ、いいでしょ。お父様？」

さすがの父も、マーガレットのそのお願いには困惑しているようだった。引きつった笑みを浮かべて、緩く首を横に振る。

「いや、そんな……お前にはロベルトがいるじゃないか」

「私、あのひと嫌いなの。いつも本を読んでばかりだし、話もつまらないし、顔も人形みたいに冷たくて不気味だもの」

マーガレットは愛らしい顔をしかめてふいとそっぽを向く。

リコリスにヒューゴが紹介されたように、同時期にマーガレットにはロベルトが紹介されていた。

家格でいえば、伯爵家のヒューゴよりも侯爵家のロベルトの方が良い。だからこそ、家に残るリコリスにはヒューゴを、家を出るマーガレットにはロベルトを母は選んだはずだった。

なのに――マーガレットは突然おかしなことを言いはじめた。

「私がヒューゴと婚約して、リコリスがロベルトと婚約すればいいのよ。そうしたらなんの問題もないでしょう？」

リコリスは言葉を失う。

ヒューゴの明るい笑みが頭に思い浮かんで、先ほどのマーガレットの言葉が頭に響いて――リコリスの顔からサッと血の気が引いていった。

◇◇◇

マーガレットがロベルトをよく思っていないことは、リコリスも知っていた。

婚約者候補のふたりを紹介されて一年ほどたった頃、リコリスがヒューゴの家から帰ってきたとき、ウィンター伯爵家に招かれていたらしいロベルトは客室で本を読んでいたのだ。

それも、なぜかひとりで。

驚いたリコリスは、すぐにマーガレットの元へと向かった。客人を放置しているなんて、あまりにも失礼すぎる。

だが、自室で鏡を見ていたマーガレットは面倒くさそうな顔をしただけで、その場から動こうとしなかった。

挙げ句の果てにこんなことを言うのだ。

「私、あのひと嫌い。顔は人形みたいで不気味だし、態度もすごく無礼なの。そんなに気になるなら、リコリスがロベルトの相手をしてきたら?」

「そんなわけにはいかないでしょ……ロベルトはあなたの……」

「まだ婚約してるわけじゃないわ」

さらりと言って、マーガレットは鏡越しにリコリスを見て微笑んだ。

意味深なその笑みに、リコリスの背筋はぞくりとする。

嫌な予感がした。マーガレットがこういう笑みを浮かべた後は、大抵碌《ろく》なことにならない。

「とにかく、私はあんな退屈なひとの相手はしないから。リコリスも放っておけば？　無口だから、お父様たちに告げ口されたりもしないわよ」

（そういう問題じゃないでしょ……）

その言い草にリコリスは呆れた。

けれど、リコリスがなにを言っても、マーガレットにロベルトの相手をする気はないのだろう。もうマーガレットに呆れている暇もない。客人であるロベルトをいつまでもひとりにしておくわけにもいかず、その日はリコリスがロベルトをもてなすしかなかった。

リコリスはまた慌ててロベルトのいる客室へと向かう。

「ご、ご機嫌よう……」

「……初めまして」

初めまして、ではないのだが、挨拶をしたのがもう随分前のことなので、ロベルトはリコリスのことを忘れてしまっているようだった。

リコリスはぎこちない笑みを浮かべ、改めてロベルトに自己紹介をする。

「は、初めまして。あの、私、マーガレットの双子の姉のリコリスと申します……今日は少し、マーガレットの体調が悪いみたいで……後からこちらに来るかもしれないけれど、もしかしたら来ないかもしれないというか……」

嘘をつくのが苦手なせいか、しどろもどろになってしまった。リコリスは少し引きつった作り笑いを浮かべて、ロベルトの返事を待つ。

ソファに腰掛けて本を読んでいたらしいロベルトは、「……ふうん」と小さく相槌《あいづち》のようなものを打った。そして、彼はまた何事もなかったように再び本のページに視線を落とす。

ロベルトは、マーガレットが来ないことも、代わりにリコリスがやってきたことも、どちらもどうでもよさそうだった。

立ち尽くしたリコリスは笑顔を顔に貼り付けたまま、冷や汗をかく。

（た、確かに少し変わってるかもしれないわ……でも、だからって客人を放置するなんて絶対ダメよね……）

なんで自分がこんな目に……と思わなくもないが、やむを得ない。相手はマーガレットの婚約者になるかもしれない侯爵令息で、しかもロベルトの父親であるフリーデル侯爵には父も仕事で世話になっている。

（とりあえず私がもてなすしかないわ……）

ため息を呑み込んだリコリスは気を取り直したように顔を上げ、おずおずとロベルトに声をかけた。

「……あの、向かいに座ってもよろしいですか？」

「ここは君の家だろ。好きにすればいい」

言われてみればそうである。リコリスはそっとロベルトの向かいのソファに腰を下ろした。

気まずさを誤魔化すように、侍女が用意してくれた紅茶を口に運ぶ。そして、ちらりと向かいのロベルトを窺《うかが》った。

濡れたような黒い髪に、大きな紫の瞳。肌は透けるように白く、どこか中性的にも見えるその美貌には、近寄りがたい威圧感のようなものすら感じられた。

ヒューゴと同じでリコリスよりもふたつほど年上のはずだが、華奢で小柄なためか同い年くらいにも見える。遠目で見ると少女に間違えられることもあるかもしれない。

（綺麗な男の子……）

間近で見ると、マーガレットが『不気味』だと言ったロベルトの顔は、確かに作り物のように整っていた。

……けれども、リコリスはロベルトのことを不気味だとは思わなかった。あまり喋らないし、ちっとも笑わないので一緒にいるのは多少気まずかったが、その顔は人形というよりも物語に出てくる天使や妖精といった神秘的な存在に近い気がする。

リコリスがロベルトの顔に見惚れていると、本に目を落としていたはずのロベルトの紫の瞳がギロリとリコリスを捉えた。

「なにか？」

「……あっ、いえ、じろじろ見てしまってごめんなさい。あなたの顔が綺麗だったから、つい見惚れてしまって……」

「………」

「ご、ごめんなさいっ……綺麗なんて言われても殿方はうれしくないですよね……」

リコリスは顔を赤くしたり青くしたりして俯《うつむ》く。

おかしなことを言ってしまった。これでロベルトが気分を害して、マーガレットとの婚約がなかったことになってしまったら——父の狼狽《うろた》えた顔と母の冷たい青色の瞳を想像して、リコリスは小さく身震いをした。

「あ、あのっ……」

膝《ひざ》の上でぎゅっと手を握り、おずおずと顔を上げる。

「綺麗だなんて言われたの、初めてだ」

謝ろうとしたリコリスの声に被さるようにして、ロベルトはそう呟いた。その表情からは、これといって負の感情は読み取れない。

リコリスは目を丸くしてぽかんとした。

「え……？」

「初めて言われたが、別に不快じゃない。人形みたいだとか、暗くて気持ち悪いって言われる方がずっと不快だ」

「え、あ、そ、そうなんですね……」

（気持ち悪いなんて、そんな失礼ことを言うひとがいるのね……）

呆れたが、多少察せられる部分はある。

貴族の子どもたちは当然平民の子どもたちよりもいい教育を受けているはずだが、皆が皆賢いかといわれるとそうでもない。自分の家の方が爵位が上だからと偉ぶる子どももいれば、些細なことで他人をバカにする子どももいる。そのあたりは庶民の子どもたちとそう変わりはないのかもしれない。

かくいうリコリスも、マーガレット関連で貴族の子息たちには嫌な思いをさせられることがあった。もしかすると、ロベルトもそういった経験が多いのだろうか。

「……あの、なんの本を読んでるんですか？」

妙な親近感を覚えたリコリスは、勇気を振り絞ってロベルトに尋ねた。

リコリスも割と本は読む方だから、本の話くらいならリコリスもできると思ったのだ。

思った、のだが……

「これは経済学の本だ」

「け、経済学……？」

予想もしていなかった返答に、リコリスは目をぱちぱちと瞬かせた。

経済学がなんなのかは、貴族の娘であるリコリスもふんわりとは知っている。

しかし、はっきりいって経済学なんてリコリスには馴染《なじ》みがない。本を読んでいるのであれば伝記や架空の物語の本だと思い込んでいたが、ロベルトにとっての読書とリコリスの読書はどうやらまったくの別物らしかった。

再び室内に気まずい沈黙が落ちる。

（本の話くらいなら私でもできるかと思ったけど、無理そうね……なにか他に話題は……）

どうしたものかとリコリスが落ち着きなく目を泳がせていると、向かいから「君は？」と短い問いが投げかけられた。

リコリスは俯きがちだった視線をパッと上げる。

「え？」

「本の話だろう？　君はどんな本を読むんだ？」

そう言って、大きな紫色の瞳が静かにリコリスを見ていた。先ほどまではリコリスと会話をする気もなさそうだったが、どうやら気が変わったらしい。

それに戸惑いつつ、リコリスは少し考えながら答える。

「えっと……色々読みますよ。経済学の本は読んだことないですけど……魔法や妖精が出てくる物語が好きですね。恋愛小説もよく読みます。あとは、絵本とか……」

「絵本？」

聞き返されて、リコリスは途端に気恥ずかしい気持ちになった。

来年には十二歳になるのに絵本が好きだなんて、子どもっぽいと思われたかもしれない。

実際マーガレットからは、『同い年の子たちの中で絵本なんて読んでるの、リコリスくらいじゃない？』と笑われたことがある。

「え、絵本っていっても完全に子ども向けというわけではなくてですね、大人が見ても楽しめるような内容のものや、絵が綺麗なものがいっぱいあって、それが好きなんです」

「ふうん」

顔を赤くしたリコリスは言い訳のように早口で言った。

だが、相変わらず無表情のロベルトがどう思ったのかはわからない。

ロベルトの紫色の瞳が、穴が開きそうなほどじっとリコリスを見つめてくる。なんともいえない居心地の悪さを感じながら、リコリスは再びおずおずと口を開いた。

「……ロベルト様は、あまり絵本のようなものは読みませんか？」

「ロベルトでいい。歳もそう変わらないし、君の妹だって俺のこともヒューゴのことも呼び捨てにしているだろ。俺も君のことをリコリスと呼んでも？」

「え、ええ。構いません」

突然の申し出に驚きつつ、特に問題はないのでリコリスは頷く。

それからロベルトはなにかを考えるような素振りを見せた後、先ほどのリコリスの問いに淡々と答えた。

「絵本は読まないな。小さい頃は母上に読んでもらったような気もするが」

「で、ですよね……」

恥ずかしさを誤魔化すよう、リコリスはぎこちない笑みを浮かべた。

そんなリコリスを見つめたまま、ロベルトは静かに本を閉じて言った。

「今度見せてくれ」

「……え？」

「大人が見ても楽しめる絵本があるんだろう？　今日はもう帰るから、次に来たときにでも見せてくれ。どうせ君の妹は来ない」

本を手に持ったロベルトは静かに立ち上がった。

時刻は午後三時。いつから来ていたのかはわからないが、どうやら帰宅する時間は決まっているらしい。

リコリスはぽかんとした。そして、ロベルトが返事を待つようにリコリスを見下ろしているのに気付くと、慌ててソファから立ち上がった。

「え、ええ……次来たときにはぜひ」

「ああ。それじゃあ」

外に出て、馬車に乗り込むロベルトを見送る。

(なんとかなってよかった……)

出発した馬車が騒がしい音を立てて門の外へと出ていったところで、リコリスはようやくホッと胸を撫で下ろした。一仕事終えた気分だ。

すると背後から突然「随分楽しそうだったわね」とやけに明るい声が聞こえてくる。

リコリスが振り返ると、そこにはマーガレットが立っていた。なぜだかニヤニヤと嫌な感じがする笑みを浮かべている。

「きっと、どっちも暗いから気が合うのね。本の話なんて、なにが面白いのか私にはさっぱりわからないけど」

口振りからするに、どうやらマーガレットはリコリスとロベルトの様子をどこからか見ていたらしい。

リコリスは咎めるように眉をひそめる。

「……見てたなら、中に入ってくればよかったじゃない。ロベルトはあなたの婚約者になるひとよ。失礼な態度をとるべきではないわ」

「そうね。本当に婚約者になるなら、そうかもしれないわねぇ」

また、マーガレットは意味ありげに笑う。

なにを企んでいるのかまではわからないが、少なくともリコリスにとってありがたくない企みなのは確かだろう。

怪訝な表情を浮かべるリコリスにあらためてにっこりと笑いかけた後、マーガレットはくるりとリコリスに背を向けた。

「じゃあ、これからもあの陰気な男の相手はお願いね。リコリスが優しいお姉様でほんとに助かったわ～」

「な、なに勝手なこと言ってるの？　ロベルトはあなたに会いに来てるのに……」

「馬鹿ね。あんなの親に言われて渋々来てるだけに決まってるでしょ。相手するのが私じゃなくても、あれはなにも気にしてないわよ」

「あれって……」

ロベルトのことをまるで物のように扱うマーガレットには、さすがのリコリスも驚いた。

この妹の性格の悪さは姉のリコリスが誰よりもわかっているつもりだが、年々酷くなっている気がする。

（……この子にロベルトの相手をさせるのは、逆に危険な気もしてきたわ……）

マーガレットの外面はいいが、今までのロベルトを軽んずる言動を考えると、ロベルト本人の前で馬鹿なことを言い出しかねない。相手が父の仕事に関わりのある侯爵家の息子だということを、マーガレットは理解していないのだろうか。

リコリスが呆気に取られているうちに、マーガレットはさっさと自室へと戻っていってしまった。きっとまた鏡の前に座って、自分の天使のような顔を眺める無駄な時間を過ごすのだろう。

「……疲れたわ……」

残されたリコリスはため息をついて、とぼとぼと自室へと戻った。


あの日から、ウィンター伯爵家にやってくるロベルトをもてなすのは、基本的にリコリスの役目になっていた。

両親のどちらかが屋敷にいるときは、さすがにマーガレットもロベルトの元へと向かう。

だが、両親は仕事や社交で家を空けることが多かったため、自然とリコリスとロベルトの交流は増えることになった。

最初の頃はロベルトも大人しく本を読んでいるだけだったが、徐々にぽつぽつと会話を交わすようになり、最近では読んだ面白い本の内容をリコリスに教えてくれるようになった。

たくさん本を読んでいるからなのか、単純に頭がいいからなのか、ロベルトは色々なことを知っていた。リコリスが見たことのない動物の話、リコリスが行ったことのない外国の話、その外国で流行っている自伝を元にした冒険譚――そのどれもがリコリスにとっては興味深くて、リコリスはいつも目をキラキラとさせてロベルトの話を聞いていた。

「船首に追い込まれたローグ博士は、辺りを見回した。後ろは海で、逃げ道はない。目の前には追っ手の男たちがいて、ナイフを片手に博士へじりじりと近付いてくる。絶体絶命のピンチに……博士は意を決して海に飛び込んだ」

「まあ！」

「そして……」

「そして？　博士は無事なの？」

「……まだここまでしか翻訳してないんだ」

ばつが悪そうに言って、ロベルトはパタンと本を閉じた。

ロベルトの手にあるのは、リコリスの知らない言葉で書かれた外国の本だ。件の、外国で流行っている自伝を元にした冒険譚である。

この本の内容をロベルトが家で翻訳して、それをウィンター伯爵家に来たときにリコリスへ聞かせるというのが、最近のふたりの中でのお決まりになっていた。

(いつもいいところで終わるのよね……！)

続きが待ち遠しくてたまらないリコリスは、胸の前で手を握ってそわそわとする。

「じゃ、じゃあ、続きはまた今度ね。海に飛び込むなんて、博士は大丈夫なのかしら……」

「作者が生きてるから大丈夫だろう。死んでたら本を書けない」

「そうだけど、わかってるけど、でもハラハラしてしまうわ！」

そんな興奮冷めやらぬリコリスを、ロベルトがじっと見つめてきた。はしたなかったかとリコリスが顔を赤らめたところで、ロベルトはどこかしみじみとした声で言う。

「……俺もよく変わってるって言われるけど、君も変わってるな」

「え？　そうかしら？」

「他の人間に本の話をしても、あまり喜ばれない。つまらないとか、知識をひけらかして感じが悪いとか、外国の言葉が少しわかるのを自慢したいんだろうとか……言われるのはそんなことばかりだった」

その言葉に、リコリスは目を見開く。

淡々とした語り口調で面白い本の内容を教えてくれるロベルトに対して、リコリスはそんなふうに思ったことは一度もなかった。というか、そんなことを言うひとがいることが信じられない。後半の発言なんて、捻《ひね》くれているにも程がある。

「ロベルト、それは私が変わってるんじゃなくて、あなたにそんなことを言うひとの方が変わってると思うわ」

「そうだろうか？」

「そうよ。あなたがしてくれる本の話はとても面白いし、知識をひけらかしてるとか、外国の言葉がわかるのを自慢してるとか、そんな風には全然感じないわ。少なくとも私はそう」

言っていて、リコリスは少しムカムカしてくる。

どこの誰だか知らないが、よくそんな酷いことが言えたものだ。ロベルトが賢いのも、外国の言葉がわかるのも、彼の努力の結果だろうに。

「ロベルト、そんなこと言うひとのことは気にしなくていいのよ。だって、色んなことを知っているって、素晴らしいことだもの」

ロベルトを馬鹿にした相手への怒りのせいか、リコリスの言葉には自然と熱が入る。

「教えてくれるひとがいるから人間は学べるのだし、この本の内容だって、あなたが翻訳してくれなければ私はわからないわ。それって、あなたがいなかったら私はこの素晴らしい物語に出会えなかったどころか、この物語を知らないままおばあさんになって死んでいたかもしれないってことでしょ？」

「まあ、そうだな……いや、そうだろうか？」

「絶対そうよ！」

リコリスは力強く言い切る。そして、いつもより柔らかな声で言葉を続けた。

「だから、そんなおかしなこと言うひとのことなんて気にしないでね。私はあなたがしてくれる話が大好きだし、こうやってあなたとお話できて楽しいし、あなたとお友達になれてうれしいわ。あなたは物知りで素敵なひとよ、ロベルト」

きっかけはマーガレットの我《わ》が儘《まま》だが、それでもリコリスはロベルトと友人になれてよかったと心の底からそう思っている。

すると、驚いたようにロベルトの紫色の瞳が丸くなった。もともと大きな瞳が、こぼれ落ちそうなくらいまん丸に見開かれていた。

それから少しして、ロベルトはふいとリコリスから顔を背ける。いつもは白い頬が、僅かに赤く色付いているような気がした。

「ロベルト？」

「…………妹とは、全然違うな……」

「え？　なにか言った？」

「……いや、なんでもない」

ぼそぼそと呟かれた言葉はよく聞き取れなかったが、ロベルトがなんでもないと言うなら大丈夫なのだろう。

それよりも、突然赤らんだロベルトの頬の方がリコリスは気にかかった。

「ロベルト、大丈夫？　顔が少し赤いわ。もしかしたら熱があるのかも」

「……ああ、そうだな……そうかもしれない。今日は早めに帰るよ」

ロベルトはそう言ってそそくさと立ち上がり、その日はいつもより一時間ほど早く自身の屋敷へと帰っていった。

(ロベルト、大丈夫かしら)

体調が悪いからか、別れの挨拶をするときもロベルトは俯き加減で、結局最後までリコリスと視線が交わることはなかった。いつもなら、気まずいくらいにじっとリコリスを見つめてくるのに。

(次に会うときには、元気になってるといいな)

そんなことを思いながら、リコリスは遠ざかっていくフリーデル侯爵家の馬車を見送った。

それから数週間後、どうやら全快したらしいロベルトが、いつも通りの無表情で再びウィンター伯爵家へとやってきた。

リコリスは笑顔でロベルトを出迎える。

「いらっしゃい、ロベルト。今日もマーガレットは体調が優れなくて――」

「君の妹のことはどうでもいい」

「え？　ろ、ロベルトっ？」

突然手首を掴まれたかと思うと、ロベルトはリコリスの腕を引っ張ってずんずんと客室の方へと歩いていく。何度もこの屋敷を訪れているので、ロベルトにとって客室までの道は勝手知ったる我が家のようなものだろう。

だが、こんな無礼とも呼んでもいい強引なことをするロベルトは初めてで、リコリスは驚いていた。

「ロ、ロベルト？　どうしたの？」

「これ」

いつもの客室に着くと、ロベルトはとある物をリコリスへと差し出してきた。

それは、一見するとなんなのかわからない、正方形の薄っぺらいラッピングされたなにかだった。おそらくプレゼントだろうということはわかるが……。

「……これは？」

「開けてみてくれ」

「いいの？」

「ああ」

ロベルトがしっかりと頷く。

それを確認してから、リコリスはおそるおそるラッピングの包装を解いていった。

「まあ……！」

思わず感嘆の声が漏れた。それくらいその中身は綺麗で、なおかつリコリスの大好きなものだったのだ。

それを――綺麗な表紙の絵本を両手に持ち、リコリスは目を奪われたように眺める。

表紙の色彩が鮮やかで、柔らかい絵柄もリコリスの好みだった。表紙の真ん中にいる小さな妖精らしい女の子も可愛らしくて、リコリスの顔に自然と笑みがこぼれる。

「ロベルト、これ……」

「あげる」

「え？」

「前に、絵本が好きだって言って、色々見せてくれただろ？」

「え、ええ……」

　確かにそんなこともあった。

　しかし絵本の話でそれほど盛り上がった覚えもない。マーガレットのように馬鹿にしてくることはなかったが、ロベルトの反応も「ふうん」くらいのものだったと思う。

　ロベルトの紫の瞳がじっとリコリスを見つめ、彼は少し得意げに言う。

「他の本を買うときに、たまたま君が好きそうな絵本を見つけたんだ。色使いが綺麗で、表紙の妖精が君に似てるから買ってきた」

「に、似てるかしら……？」

　確かに表紙の妖精は、リコリスと同じ黒い髪と緑の瞳を持っていた。髪の長さもちょうど同じくらいだ。

　しかし、先ほどリコリスは表紙の妖精を『可愛らしい』と思ったため、リコリスに似ていると言うロベルトの言葉に頷くのは憚られた。だって、まるで自分のことを可愛いと思ってるみたいだ。

　リコリスが言葉を濁《にご》していると、ロベルトはリコリスをまっすぐに見つめてくる。

「似てる。けど、君の方が綺麗かな」

（ロベルトもお世辞なんて言うのね……）

意外に思いながら、リコリスは再び絵本の表紙に目を落とした。しばらくの間、惚けたように
その表紙と裏表紙を眺めてから、おずおずとロベルトに尋ねる。
「今、読んでもいい……？」
「ああ。君と一緒に読むつもりで、俺も中を見ないで持ってきた。……中身が変だったらと思う
と、少し不安だが」
「これだけ表紙の絵が綺麗だったら、中の絵もきっと素敵よ」
ふたりは隣同士でソファに座り、ローテーブルの上に広げた絵本を覗き込む。
想像通り、中の絵も綺麗だった。色彩豊かで、妖精の絵も、風景も、愛らしく、美しい。
リコリスはうっとりとしながら絵本を読み進めていく。……といっても、一ページをじっくり
眺めてしまうので、なかなかページを捲《めく》る手は動かなかった。
もしかするとロベルトはそれを歯痒《がゆ》く思っていたかもしれないが、彼は急かすことなくリコリ
スが絵本のページをめくるのを気長に待ってくれていた。
絵本のストーリーは、ずっと妖精の国で暮らしていた妖精の女の子が外の世界に興味を持ち、
ひとりで短い旅に出るというものだった。
空を飛んで、森を訪れ、海を訪れ、ひとの子どもと出会い、友人になり、最後は夜の星に向か
って歌いながら妖精の国へと帰る。

青い空も、緑の森も、藍色の海も、すべてが美しかったが、一番リコリスが目を奪われたのはたくさんの星々が輝く夜空の絵だ。

その煌《きら》めきの中を飛んで、妖精は家族の待つ家へと帰っていく。これといってハラハラするような出来事はなく、ただただ美しく、温かな出会いと再会を約束した穏やかな別れが続く優しい物語だった。

リコリスはほうと感嘆の息を吐いて、そっと絵本を閉じる。

「すごく素敵な絵本だったわ……」

「そうだな。絵本っていうからもっと単純なストーリーなのかと思ったが、案外しっかり作られてる。それに中の絵も綺麗だった」

「ええ、本当に綺麗だった……」

「最後の夜空の絵が一番好きだったな」

「私もっ！」

同じシーンが好きだったのがうれしくて、リコリスは満面の笑みを浮かべてロベルトを見る。

目が合うと、ロベルトの頬が僅《わず》かに緩んだ。

微笑んだのだ、とすぐには気付けなくて、リコリスは一瞬きょとんとした。直後、すぐにパッと瞳を輝かせる。

「ロベルト、あなたの笑った顔って素敵ね」

リコリスがそう言った途端、ロベルトがふいっと顔を背けた。この前と同様、頬が僅かに赤くなっている。

「ロベルト、大丈夫？」

「……ああ」

「…………もしかして、照れているの？」

「いや、別に照れているわけじゃ……」

と言うものの、顔を赤くしてもごもごと喋る姿は照れているようにしか見えなかった。

（やっぱり照れているのね）

物めずらしいその光景に、リコリスは「ふふっ」と小さな笑い声をこぼす。

もしかすると、この前も熱が出たわけではなく、単純に照れていただけなのかもしれない。

「おかしなこと言ってごめんなさい。ロベルトだって、笑うことぐらいあるわよね」

「まあ……どうだろう……」

「それで、この絵本ほんとにもらっていいの？」

「ああ。むしろ君にあげるために買ったものだから、受け取ってもらえないと困る」

そうまで言ってもらえると、断る理由はない。

リコリスは絵本を胸に抱きしめ、花が咲いたように笑った。

「ありがとう、ロベルト。宝物にするわ！」

リコリスのその言葉に嘘はなかった。本当に宝物のように大切にするつもりだった。

――その夜、マーガレットが部屋にやってくるまでは。


「ロベルトからなにか本をもらったらしいわね」

ノックもなしに部屋に入ってくるなり、マーガレットはそう言った。

リコリスは手に持っていた絵本をとっさに背後へと隠し、強張った表情でマーガレットを見る。

「……なんの話？」

「とぼけないでよ。あんたがロベルトに本をもらってたって、侍女からちゃんと報告受けてるのよ。随分と仲良くなったのね。やっぱり陰気な者同士お似合いなんだわ」

言いながら、マーガレットは物色するようにリコリスの部屋の中をうろうろしはじめる。

リコリスは息を殺すようにして、足をジリジリと動かした。部屋の壁際に移動して、壁と背中の間に絵本を隠す。最近は諦めたようにマーガレットになんでもあげていたが、この絵本はどうしても渡したくなかった。

「どこにやったの？」

探し疲れたらしいマーガレットは、面倒くさそうにリコリスを振り返った。

リコリスは答えなかった。答えるはずがない。答えたら、せっかくロベルトが贈ってくれたこの絵本が奪われてしまうことはわかっている。

口を引き結んだまま黙るリコリスを見て、マーガレットは大袈裟に「はぁ……」とため息を吐いた。

「ロベルトは私の婚約者になるかもしれないひとなのよ。リコリスも前にそう言ってたじゃない」

「…………」

「なのに、リコリスがロベルトからプレゼントをもらって、私はなにももらえないなんておかしいわ。そのプレゼントだって、本来私がもらうべきものでしょ？」

（……面倒くさいからって、私にロベルトの相手を押し付けてきたのは自分なのに）

リコリスはじとりとマーガレットを軽く睨んだ。

すると、マーガレットの眉が不快そうにぴくりと動く。そのまま彼女は大股でリコリスへと近づいて来た。

「なによ、その目は」

目の前にやって来たマーガレットは、リコリスを睨み返す。

天使みたいだと評される可愛い顔が台無しだが、マーガレットがリコリスにこういう表情を見せることは昔から時々あった。見下している姉が自分に反抗的な態度を取るのが、どうにも許せないらしい。

「ん……？」

ふと、リコリスを睨んでいたマーガレットの視線が僅かに下方向へと移動した。

リコリスの肩がびくりと小さく跳ねる。

それから数秒後、マーガレットは唇の端を吊《つ》り上げるようにして皮肉っぽい笑みを作った。

「……あら、リコリス、あなた後ろになにか隠してるわね！」

次の瞬間、バッと伸びてきたマーガレットの両手が、リコリスが背中に隠していた絵本を掴んだ。

そのまま取り上げられそうになるのを拒むよう、リコリスも負けじと絵本を両腕に抱き締めて叫ぶ。

「やめてっ！」

「これは私のものよ！」

「そんなはずないでしょ!?」

「ロベルトは私の婚約者になるかもしれないひとなんだから、私のものに決まってるでしょ！いいから早く渡しなさいよ！」

「嫌に決まってるでしょ！　どうせすぐ壊すくせにっ」

「私のものなんだからどうしようと私の自由でしょ！」

「嫌っ‼」

絵本を真ん中にふたりで引っ張りあっていると、閉じられていた部屋のドアがガチャリと音を立てて勢いよく開いた。

「いったいなんの騒ぎなの⁉」

目を吊り上げた母がふたりを見て、すぐにその険しい表情はリコリスにだけ向けられる。

「リコリス、これはどういうこと？」

「お、お母様……」

「お母様！　お姉様が、私がロベルトからもらった絵本をとったの！」

絵本から手を離したマーガレットは母へと駆け寄り、母の腰に抱きつく。

「いくら絵本が好きだからって、妹の物を欲しがるなんてあんまりだわ……ロベルトは私の婚約者になるかもしれないひとなのに……」

母のドレスに顔を埋めたマーガレットが、めそめそと嘘泣きをしはじめる。顔を見なくても嘘泣きだとすぐわかるくらい、下手くそな演技だった。

しかし、スッと細められた母の青い目は、軽蔑《けいべつ》するようにリコリスへと向けられる。

「リコリス、その絵本をマーガレットに返しなさい」

「……これは、私がロベルトからもらったものです」

久方ぶりの反抗だった。心が折れて母とマーガレットの言いなりのようになっていたリコリスも、この絵本だけはマーガレットに渡したくなかった。

だって、ロベルトに言ったのだ。宝物にすると。

リコリスは絵本を胸に抱き、ギュッと強く抱き締める。

そんなリコリスを見下ろした母は、呆れたように深いため息を吐いた。

「最近は大人しくなったと思ったらこれだもの……あなたがこの家の長女だなんて、私はウィンター伯爵家の将来が心配だわ」

「…………」

「あなたの婚約者になるひとはヒューゴで、ロベルトはマーガレットの婚約者になるひとでしょ。関わりのないあなたがロベルトからプレゼントをもらうなんておかしな話だと思わない？」

「……私はロベルトと仲がよかったんです。だから……」

「まぁ。妹の婚約者候補に馴れ馴れ《なな》しくしてたってこと？」

わざとらしく大きな声で言って、母は再びため息を吐く。

「本当にあなたがロベルトからもらったのか、それともあなたがマーガレットから奪ったのか、この際追及はしないでいてあげる。もういいから、早くマーガレットにその絵本を返してあげてちょうだい。あなたの言っていることが事実にせよ、それはロベルトの婚約者になるマーガレットの手にあるべきものだわ」

「そんな……」

リコリスは俯く。こんなことは慣れっこなのに、今日に限っては泣きそうだった。

初めて見せてくれた、ロベルトの微笑みが頭によぎる。

ロベルトが笑いかけてくれたのも、ロベルトに絵本をプレゼントしてもらったのも、リコリスだ。ロベルトを邪険にしていたマーガレットではない。

……しかし、婚約者でもないリコリスがロベルトから贈りものをもらうこと自体があまりよくないことだったのは、そうかもしれない。もしヒューゴがマーガレットになにかをプレゼントしていたら、きっとリコリスは嫌に思うだろう。

リコリスが黙っていると、母から伸びてきた手がリコリスの腕の中にあった絵本を掴み、それを大人の力で取り上げた。

「あっ……」

「もう、面倒かけないでよ。お姉ちゃんでしょ？」

「………」

母のいつもの言葉に、リコリスは唇を噛んだ。

今日ばかりは、悔しくて、悲しくて、仕方なかった。

「ありがとう、お母様！」

母から絵本を手渡されたマーガレットは、それをうれしそうに抱えてリコリスを見る。勝ち誇ったように青い目がニヤリと弧を描いて、リコリスを嘲笑っていた。

マーガレットの腕の中にあるあの絵本を見た瞬間、リコリスの目から勝手にぽろぽろと涙がこぼれ落ちてくる。ロベルトとの思い出すらも汚されたような気分だった。

リコリスを見下ろした母は、煩わしそうに眉をひそめる。

「自分が悪いのに泣いてどうするの？　それに、こんなどうでもいいことでいちいち泣かないでちょうだい。あなたはこの家の長女なんだから」

「じゃあね、リコリス」

立ち尽くしたまま泣くリコリスを残して、母とマーガレットは部屋を出ていった。

バタンとドアが閉められてから、リコリスは泣きながらふらふらとベッドの方へと歩いていき、ベッドに縋《すが》り付くようにしてその場に蹲《うずくま》る。

（胸が苦しい……）

蔑ろにされることには慣れていた。いや、慣れなければやっていけなかったから、仕方なく慣れていると思い込むようにしていた。

けれど、あの絵本を奪われたことには納得なんてできない。

ロベルトは、表紙の妖精がリコリスに似ていると思ったと言ってくれた。だから、リコリスのために買ってきたのだと。

お世辞でも、表紙の妖精よりリコリスの方が綺麗だと言ってくれてうれしかった。

リコリスはあの絵本を宝物にすると約束した。なのに――……

（ごめんなさい……ごめんなさい、ロベルト……）

泣き声を抑えるよう、リコリスはベッドに顔を埋める。

きっと、数日後にはあの絵本はマーガレットに壊され、捨てられてしまうだろう。そうするために、マーガレットはリコリスからあの絵本を取り上げたのだから。


……そのリコリスの予想通り、あの絵本はマーガレットによって汚され、翌日の朝早くに焼却炉で燃やされたらしい。

声高にそれを伝えてきたマーガレットは、「わざとじゃないのよ?」と白々しく笑っていた。

けれど、リコリスはもうなにも言わなかった。泣き疲れてそんな気力もなかったのだ。

マーガレットに自分のものを奪われるたび、母に冷たくされるたび、すでになくしたと思っていた心が今もすり減っていく。死んでいく。

そんな限界のリコリスに、母は朝から追い打ちをかけるように言うのだ。

「マーガレットに聞いたわ。あなた、たまにロベルトに自分から話しかけてるんですって？」

「…………」

「どうしてそんなことするのかわからないわ。ロベルトはマーガレットの婚約者になるひとだって、あなたもわかってるはずでしょ？」

「それはマーガレットが……」

「口答えしないでちょうだい。いい？　もうロベルトに必要以上に声をかけるのは禁止よ。あなたにはヒューゴがいるんだから。テランド伯爵家におかしな誤解をされたらどうするの？」

「…………はい」

絵本だけでなく、ロベルトと過ごす楽しい時間さえも取り上げられて、リコリスの目の前が真っ暗になっていった。

ロベルトも好きだと言ってくれたあの絵本の夜空にはたくさんの星が輝いていたのに、リコリスの心にはそのひとかけらの輝きすらない。

リコリスの心の中は真っ暗で、怒りや悲しみの感情でもうずっと前からぐしゃぐしゃだった。

（私って、なんなのかしら……）

どうして自分がこの家族の元に生まれたのかわからない。マーガレットだけでいいのなら、彼女ひとりでこの世に生まれてきてほしかった。

「っ…………」

また泣きそうだった。

けれど、突如どうしようもない息苦しさに襲われたリコリスの耳奥で、ふいに柔らかな声がよみがえる。

『あと数年の辛抱だ。俺がウィンター伯爵家の婿になって、お前を守ってやる』

(ヒューゴ……)

リコリスは胸の前でぎゅっと手を握る。

それから自分に言い聞かせるよう、そのヒューゴの言葉を頭の中で何度も何度も繰り返した。

ロベルトとの穏やかな交流すら失われた今、ヒューゴのその言葉と、太陽のように明るい彼の存在だけがリコリスの心の拠《よ》り所だった。


「最近、ロベルトと仲がよかったのか?」

テランド伯爵家に招かれたその日、ヒューゴの口から出てきた名前に、紅茶を手に取ろうとしていたリコリスの手の動きがピクリと止まった。

それから少しした後、何事もなかったようにその手は動き出し、リコリスはゆっくりと紅茶に口をつける。そして、静かにヒューゴと目を合わせた。

「……誰に聞いたの？」

「マーガレットだ。……といっても、あいつは嘘吐きで性格が悪いからな。あいつの言うことを全部鵜呑《うの》みにしてるわけでもない」

そう言って、ヒューゴは大袈裟《おおげさ》に肩をすくめて見せた。

マーガレットではなく自分を信じてくれるヒューゴにホッとするが、同時にリコリスは多少の申し訳なさを感じた。リコリスが少し前までロベルトと親しくしていたことは事実だからだ。

ティーカップをソーサーに置き、リコリスは小さな声で答える。

「友達だったの」

「……あのロベルトと？」

「ええ。だけど、もう会えないわ」

会わない、と言うべきだったのかもしれない。

けれどリコリスは、ロベルトと過ごしたあの時間を自ら捨て置きたくはなかった。それだけリコリスにとって、あの時間はかけがいのないものだった。

「……お前とあいつが仲良くしてたなんて、正直あまりいい気はしないな」

その言葉通り、ヒューゴは面白くなさそうな表情を浮かべていた。拗《す》ねたように軽く伏せられた目が、じとりとリコリスを見る。

リコリスはしゅんと俯《うつむ》いた。

「ごめんなさい……」

「……ま、別にそんな怒ってるわけでもないけどな。お前が浮気性な女だとも思ってないし」

「う、浮気性って……別にまだ婚約してるわけじゃないんだから……っ」

「でも、もうすぐするだろ。……この話、前もした気がするな」

ヒューゴは楽しそうにくつくつと喉《のど》で笑う。

顔を赤らめたリコリスは、ムスッとした表情を作った。そして、目の前にあるケーキをフォークで切り分け、黙々と口に運ぶ。

そんなリコリスを、ヒューゴはどこか揶揄《からか》いを含んだ目で眺めていた。

彼はそのままテーブルに頬杖をつき、にやにやと笑って尋ねてくる。

「で？　なんでロベルトと仲よくなったんだ？　……というか、あの変わり者とよく仲よくなれたな……」

「別にロベルトは変わり者じゃないわ。……いえ、確かに少し変わってるかもしれないけど、でも、悪いひとじゃないのは確かよ」

「へぇ……」

ヒューゴが片眉を上げて訝《いぶか》しげな顔をした。

ハッとしたリコリスは誤魔化《ごまか》すように言う。

「べ、別にロベルトに対して変な気持ちがあるとかじゃないのよ。ただ、ロベルトには友達としてとてもよくしてもらったの。ロベルトは博識で、彼の話はどれもとても面白いのよ」

「ふーん……頭がいいのは知ってたけど、話が上手いのは聞いたことなかったな。そもそもあいつ、あんま喋らないし」

ヒューゴのその言葉にリコリスは初めて会ったときのロベルトの無表情を思い出し、くすりと小さく笑みをこぼした。あの日はロベルトのことが少し怖かったが、今はあれが彼の素というか、悪気のない態度なのだとわかっている。

「私も最初はそうだったわ。でも、こちらから声をかけているうちに、段々と話してくれるようになったの」

（……今はもう、言葉を交わすことも許されなくなってしまったけど）

ゆっくりと俯いたリコリスの表情が曇った。

それを見て、「そんな顔するなよ」とヒューゴが苦笑しながら言う。

「どうせ夫人に怒られただけだろ？　別に一生会えなくなったわけじゃない。機会があれば、またロベルトと話せる日も来るさ」

「……そうね」

「それに、お前には俺がいるんだから、もっと俺のことを考えてくれよ。俺はいつもお前のことばっか考えてるのに、不公平だろ？」

　笑った金色の目が、まっすぐにリコリスを見つめた。

　また揶揄われているのだと頭ではわかっていても、リコリスの頬はみるみるうちに林檎《りんご》のように赤くなっていく。

「し、知らないっ。変なことばかり言って揶揄わないでちょうだい！」

「揶揄ってないとは言わないが、本心だ」

「もっとたちが悪いわ！」

　リコリスが大きな声で言うと、ヒューゴは声を上げて笑った。怒っていたはずのリコリスも、その笑い声に釣られてくすくすと笑ってしまう。

　昔からヒューゴにはそういう特別な魅力があった。ヒューゴが傍にいるだけで周りが明るくなって、リコリスは何度も彼のそんな力に救われてきた。

　笑い終えたらしいヒューゴは、やけに優しい目でリコリスを見つめて言う。

「ま、なんというか、お前には俺がいるからそんな寂しがるなってことだ。春には俺たちの婚約も正式に決まるみたいだしな」

「そうなの？」

「親父が言ってたから間違いないと思う。詳しい話はこれかららしいけど」

言って、ヒューゴは大きく切り分けたケーキをこれまた大きく開かれた口へと放り込む。リコリスには真似できない、豪快で見ていて気持ちのいい食べ方だ。

きっと母なら、『はしたない』と眉をひそめるだろう。

だが、リコリスにはそれがどこか微笑ましくさえ思えて、僅《わず》かに頬を緩《ゆる》める。

正式な場ではちゃんと貴族の息子として振る舞うヒューゴが、リコリスの前でだけは芝生に寝転んだり、ケーキを大きな口で食べたり、そういう素の自分を見せてくれるのがリコリスは嫌じゃなかった。

(嫌じゃないどころかむしろ――)

ふいに頭に浮かんだ言葉に気恥ずかしくなったリコリスは、落ち着かない様子でティーカップを口元に運び、一気に傾けた。

「っ熱……！」

「おい、大丈夫か？」

舌先がじんと痺《しび》れるように少し痛んだ。侍女が淹れたての紅茶を注ぎ直してくれたばかりだったためか、猫舌のリコリスには少し紅茶が熱かったらしい。

慌てて席を立ったヒューゴが駆け寄ってくるとともに、紅茶を淹れてくれた侍女が顔を青くして頭を下げる。

「リ、リコリス様、申し訳ありません！」

「いや、俺が悪かったんだ。急ぎでなにか冷たい飲み物を用意してくれるか？　……ごめんな、リコリス。寒いから熱めのお茶を用意してくれって、俺が彼女に頼んだんだ」

おそらく嘘だろうということは、リコリスにもわかった。使用人のミスを自分の責任だと謝罪したヒューゴに驚かされるのと同時に、リコリスはさらりとしたヒューゴのその振る舞いに感心させられる。リコリスの前では粗野な態度をとることもあるが、性根の部分ではヒューゴはひとの上に立つのに向いているのかもしれない。

リコリスは少し誇らしいような、くすぐったいような気持ちになりながら、ゆっくりと首を横に振る。

「ううん。猫舌なのになにも考えず紅茶を飲もうとした私が悪いのよ」

急いで厨房へと駆けていく侍女の背中を見ながら、リコリスはなんとも申し訳ない気持ちになった。そもそもいつもであれば、多少紅茶が熱くても我慢くらいできただろう。

……でも、今日また新しいヒューゴの一面を知れたことはうれしかった。

知れば知るほどヒューゴのことが好きになっていく気がして、リコリスは面映ゆい笑みを浮かべる。

「……ヒューゴは、優しいわね。あなたのそういうところ、本当にすごいと思う」

リコリスの傍に立っていたヒューゴは、きょとんとした顔でリコリスを見下ろした。

ヒューゴ本人は当然のことをしたと思っているので、きっとなんのことについて褒められたのかわかっていないのだろう。そんなところもたまらなく愛おしく思えた。

やがてヒューゴは歯を見せてニッと笑う。

「よくわかんないけど、俺がいい男だってようやく気付いたみたいだな。未来の夫にぴったりだろ？」

「……もう、すぐ調子に乗るんだから」

呆れたように呟いたリコリスの口から、すぐに小さな笑い声が漏れでてくる。それを聞いて、ヒューゴも同じように小さく笑いだした。

ヒューゴといるだけで、火傷の痛みなんてもうどうでもよく思えてくる。いや、まだじんじんとした痛みはあるが、ふたりで声をあげて笑っているだけで、それが段々と気にならなくなっていくのだ。

幸せだった。

ヒューゴが傍にいてくれたら、リコリスもなんだって笑い飛ばせるような気がした。

春になれば、ヒューゴの正式な婚約者になれる。数年後ヒューゴが婿に来てくれたら、嫌な思い出ばかりのあの屋敷のことも、きっといつか好きになれる日が来る。

そのときは、なんの疑いもなくそう信じていた。

◇◇◇

……そうやってヒューゴと笑い合ったのは、僅か数日前のこと。

確かにリコリスは、ロベルトのことが嫌いではなかった。友人として素敵なひとだと思っていたし、作り物のような顔立ちも綺麗だと思っていた。

けれど、じゃあマーガレットと婚約者になる相手を交換してもいいかと言われると、そんなはずはない。

リコリスはヒューゴと結婚したかった。

リコリスを守ると言ってくれたあの太陽のように朗らかな少年とともに生きたかった。

「マーガレット、突然どうしたの？　ロベルトと結婚したらゆくゆくは侯爵夫人になれるのよ？

あなたもそれでいいって……」

「お母様、最初は私もそう思ってたけど、気が変わったの。ヒューゴの方が明るくてかっこいいし、それに……私がヒューゴと結婚したら、ずっとお父様とお母様と暮らせるでしょ？　私、やっぱり大好きなふたりとずっと一緒にいたくて……」

「まぁ、マーガレット……」

マーガレットの言葉に、母は感極まったような表情を浮かべた。

リコリスが呆然としているうちに、どんどん話はよくない方向へと進んでいく。スプーンを持つリコリスの手がかすかに震えた。

（このままだと大変なことになるわ……）

青ざめたリコリスは救いを求めるよう、上座に腰掛ける父を見る。

父は難しい顔をしていた。顎に手を当ててなにかを考え込んでいたようだが、やがて渋い顔で首を横に振る。

「……いや、『やっぱりそっちがいい』なんて理由で、そんな簡単に覆《くつがえ》せる話じゃない……フリーデル侯爵とテランド伯爵になんと説明したらいいのか……それに、リコリスだって……」

「わ、わたし……っ」

父の気遣うような視線を受けて、リコリスは唇を震わせる。

「……私、ヒューゴと結婚したいです……」

しぼりだすような声でリコリスは言った。

ヒューゴのことは奪われたくない。あのロベルトの絵本以上に、ヒューゴとの関係だけはマーガレットの我が儘なんかでぐしゃぐしゃにされたくなかった。

すると、父はうんうんと頷く。

「そうか、そうだよな。じゃあ――」

「ツいや！　私は絶対ヒューゴがいいの！　ヒューゴじゃないとダメ！」

父の言葉を遮《さえぎ》るようにそう叫んだかと思うと、マーガレットは勢いよくテーブルに突っ伏して泣き出した。演技じみた、大袈裟な泣き方だ。

しかし、父は途端におろおろとしはじめ、母に至っては席を立ち上がってマーガレットの元に駆け寄り、その背中を宥《なだ》めるように撫でる。

「ああ、泣かないで、マーガレット」

「ううぅ……おかあさまぁ……」

「困ったわね、どうしましょう……」

母の視線がちらりとリコリスを捉える。

いつもなら、リコリスもすぐに折れて「いいですよ」とマーガレットに譲っただろう。ドレスも、ぬいぐるみも、お菓子も、全部そうしてきた。

でも、ヒューゴだけは嫌だ。ヒューゴだけは、マーガレットに渡したくない。

リコリスはテーブルの下でギュッとドレスを握りしめた。

「わ、わたしは……!」

「――リコリス」

いやに甘ったるい母の声に、リコリスの背筋がぞくりとした。全身の産毛が総毛立ち、サッと血の気が引いていく。

母はめずらしくリコリスに笑いかけていた。ずっとリコリスが向けられたいと思っていた、あの優しい笑みだ。

……しかし、その青い瞳の奥はちっとも笑っていない。

「妹がこんなにも泣いているんだから、ヒューゴのこと譲れるわよね? お姉ちゃんなんだから」

その瞬間、頭の中が真っ白になった。暗い穴底に突き落とされたような、そんな気分だ。

……いや、もうずっと前からわかっていた。

だから、リコリスは諦めたのだ。

愛されたいと思うことも。家族に期待することも。

ドレスを握っていた手から力が抜けていく。

リコリスは今までの経験からわかっていた。たとえ自分がマーガレットのように泣いても、自分の望みが叶うことがないことが――ヒューゴが自分の未来からいなくなってしまうことが、痛いくらいにわかっていた。

「リコリス、いいのか？」

「いいわよね？　リコリス」

両親の顔をぼんやりと見返しながら、リコリスはこくりと小さく頷いた。

途端に父は安堵《あんど》したような顔をして、母はうれしそうにマーガレットを抱きしめる。

「よかったわね、マーガレット。ほら、リコリスにお礼を言いなさい」

「うん！　ありがとう、リコリス」

顔を上げたマーガレットがリコリスと目を合わせてにっこりと笑う。青い四つの瞳が、弧を描いてリコリスを見ていた。

リコリスはなにも言わず、ただうっすらと微笑んでみせた。気力が、感情が抜け落ちたように、リコリスの胸の裡は空っぽになっていた。

「こらこら、まだ正式に決まったわけじゃないぞ。フリーデル侯爵とテランド伯爵に確認をとって、あちらがいいって言ってくれたらの話だ」

「きっと大丈夫よ。よくよく考えてみたら、マーガレットの方がヒューゴとお似合いだもの。……

ああ、もちろんリコリスもロベルトとお似合いよ」

「そうよね。ロベルトもお姉様と話してるときの方が楽しそうだったし、きっとふたりとも喜んでくださるわ」

リコリスが黙っている中、和気あいあいと話は弾んでいる。そこには和やかな家族の姿があった。

(ただ血が繋がっているだけで、私は本当の家族じゃないのね……)

きっと、生まれてくる家を間違えたのだ。

そう思うと、侯爵家の跡取りであるロベルトと結婚してこの家から逃げ出せるのは、喜ばしいことのようにも思えた。

……ヒューゴのことさえなければ。


「なんで婚約者を入れ替えてもいいなんて言ったんだっ! 俺はお前と婚約するはずだったのに!!」

金色の瞳が怒りに燃えていた。

ヒューゴのその剣幕にリコリスはビクッと肩を跳ねさせ、一歩たじろぐ。

初めて見るヒューゴの怒りにリコリスはどうしていいのかわからず、胸の前でぎゅっと手を握った。

十三歳の春、リコリスはロベルトとの婚約が決まり、マーガレットはヒューゴとの婚約が決まった。本来は逆の相手と婚約するはずだったが、結局マーガレットの我が儘が通ったのだ。

フリーデル侯爵もテランド伯爵も、息子の婚約者になる相手が予定と変わることにさほど難色を示さなかった。息子の結婚相手がウィンター伯爵家の双子の姉か、妹かなんて、彼らにとってはどうでもいい違いだったのだろう。

――だが、ただひとり、その婚約を最後まで拒んだ者がいた。

正式な婚約が結ばれた数日後、険しい顔をしてウィンター伯爵家にやってきたのはマーガレットの婚約者となったヒューゴ・テランドだった。

彼は婚約者となったマーガレットの元に向かうのではなく、庭にいたリコリスの元を訪れ、そして先ほどのセリフを叫んだのだ。

「ヒュ、ヒューゴ……」

「俺はお前と結婚したかったのに!!　お前だってそう思ってくれてたんじゃないのか!?」

「それは……」

リコリスは言葉に詰まる。

リコリスだってヒューゴと婚約したかった。ヒューゴが婿に来てくれたら、自分の家が好きになれると思った。でも――……

「…………ごめんなさい、わたし……わたしが……」

ヒューゴの燃えるような瞳を見ていられず、リコリスは俯く。

「……私が、よわいから……」

もし、マーガレットと母がなんと言おうと、リコリスがヒューゴと婚約したいと言い張っていたら、なにか変わったのだろうか。あのとき諦めなかったら、ヒューゴは今日も笑顔でリコリスの前に現れたのだろうか。

……しかし、リコリスの心はもうとっくの昔に折れてしまっていた。

怒ることにも悲しむことにも疲れ果てて、作り笑いですべてを受け流すのが当たり前になっていた。それが結果的に自分の首を絞めていると頭ではわかっていても、心の折れてしまった自分ではどうすることもできなかった。

「なんだよ、それ……」

ヒューゴは力の抜けた声で言って、唇の端を引きつらせた。

「……そんなこと言われるくらいなら、俺のことが本当は嫌いだったって言われた方がずっとマシだ……」

「ヒューゴ……」

悔しそうに呟いたヒューゴの目に涙が溜まって、きらきらと光った。

初めて見るヒューゴの涙に、リコリスの心臓はどきりとする。

ヒューゴは涙が零れ落ちそうになるのを堪えながら、睨むようにリコリスを見た。

「リコリス、俺は――」

なにかを言いかけたヒューゴだったが、その声は途中でぴたりと途切れた。

涙ぐんでいたはずのヒューゴの視線は先ほどよりも鋭さを増して、リコリスの背後を冷たい目で睨んでいる。

何事かとリコリスが呆気に取られていると、突如その場に第三者の声が響いた。

「俺の婚約者になんの用だ？」

聞き覚えのある、よく通る声だった。

その声の主が誰なのかに気付いたリコリスは、信じられず目を丸くする。

リコリスの背後を睨むヒューゴが、チッと小さく舌打ちをした。

「ロベルト……」

「ロベルト……？」

まさかと思いつつ、リコリスはおずおずと後ろを振り返る。

すると、そこにはヒューゴの言った通り、リコリスの婚約者となったばかりのロベルト・フリーデルが立っていた。


ロベルトはいつも通り無表情だった。

腕には花束と、プレゼントらしきラッピングされた箱を抱えている。

（どうしてロベルトが……）

困惑したリコリスと、いつも通り無機質なロベルトの視線が交わる。

ロベルトはリコリスを無言で数秒見つめた後、スッと視線をヒューゴへと向けた。

「なんのつもりだ、ヒューゴ。お前の婚約者はマーガレットだろう」

「……俺が望んだわけじゃない」

「お前が望んだか望んでないかなんて関係ない。リコリスは俺の婚約者だ。二度と気安く声をかけるな」

ロベルトが冷やかに言い放ち、ヒューゴはギリッと音がしそうなほど強く奥歯を噛み締めた。

睨み合うふたりの間で、リコリスはおろおろと戸惑う。

婚約者になった少年と、婚約者になるはずだった少年。

ふたりの間にはバチバチと見えない火花が飛び散っているようで、一触即発の雰囲気が漂っていた。

「あ、あの……」

「行こう、リコリス」

「え？」

「おいッ！」

リコリスの手を引いて歩き出そうとしたロベルトの手首を捕まえて、ヒューゴが怒りに満ちた目でロベルトを睨んだ。

「離せ。まだ話は終わってない」

「話すことなんてなにもないだろう。お前にとってリコリスは婚約者の姉だ。必要以上に親しくするべきではない」

「そんなのお前にとやかく言われる筋合いないだろッ」

「あるだろう。リコリスは俺の婚約者だ。それに……俺の父上とお前の父上が今のお前の言動を知ったら、いったいどう思うだろうな？」

いつも無表情だったロベルトの顔に、微かに小さな笑みが浮かんだ。リコリスに見せた柔らかなものとは違う、どこか皮肉っぽい笑みだ。

そのロベルトの表情とは対照的に、ヒューゴはグッと言葉に詰まる。

貴族の子息として、当然今のヒューゴの言動は褒められたものではない。

この婚約話がまとまった時点で、テランド伯爵はヒューゴの意思よりも家同士の繋がりを重視しているということは明白だ。こうやってヒューゴがリコリスにこだわっていることを知れば、テランド伯爵はヒューゴのことをよくは思わないだろう。もちろん、フリーデル侯爵も。

「――……わ、私がロベルトの方がいいって言ったの」

ぽつり、とリコリスが震える声で言った。

ロベルトとヒューゴが驚いたように同時にリコリスを見る。

その視線から逃れるよう、リコリスは下を向いて、自身の足先を見下ろした。ヒューゴの顔を見るのが怖かった。

「……私、この家を出たかったから、だから……ヒューゴと結婚して家に残るより、ロベルトと結婚してフリーデル侯爵家に嫁いだ方がいいと思って……」

「リコリス、お前……」

リコリスが途切れ途切れに紡いだ言葉に、ヒューゴは言葉を失ったようだった。

短い沈黙が落ちる。

それから何秒、何分かたった後――ヒューゴが「……わかった」と低く呟いた。

「お前がそう言うなら、もういい」

ヒューゴが踵を返し、静かにリコリスの元から遠ざかっていく。

やがてリコリスが顔を上げた頃には、ヒューゴの背中は随分離れたところにあった。

振り返ることなく進んでいくヒューゴを見つめながら、リコリスは無言でその場に立ち尽くす。

少し前までは笑い合って、お互い結婚するのだと思い合っていた。好き合っていたはずだ、間違いなく。

でも、もうどうにもならない。

あの日、リコリスがヒューゴと結婚したいと言ってもどうにもならなかったように、諦めなければならないこともある。

そんなどうにもならないことでヒューゴが責められるなんて、リコリスは嫌だった。たとえ、リコリスがヒューゴに嫌われてしまったとしても、ヒューゴに大変な思いをしてほしくなかった。

いや、嫌われた方がいいのだ。だって、リコリスとヒューゴの人生が交わることなんて、もう二度とないのだから。

「泣くくらいなら、嘘なんて吐かない方がいい」

突然かけられた声に、リコリスの肩がびくりとする。

いっときの間、リコリスはその存在を忘れてしまっていた。

リコリスがロベルトの方を見ると同時に、彼からハンカチを差し出される。

「ありがとう……」

と、リコリスはそれを受け取り、濡れた目に軽く押し当てた。それから、「あの……」とロベルトに控えめな声をかける。

「ロベルトはどうして家に……」

「婚約の挨拶に来たんだ。本当はもっと早く来る予定だったが……今日にしてよかった」

無表情だが、ロベルトはどこか満足気だった。

涙を拭ったリコリスがハンカチを返すと、次は代わりに花束とプレゼントらしきものを手渡される。

「これは……」

「婚約の記念に。受け取ってくれ」

「ありがとう……」

リコリスはなんともいえない表情で花束とプレゼントを受け取る。

先ほどのヒューゴとのやりとりを見ていたはずなのに、平然としているロベルトのことがよくわからなかった。

「ロベルト、私は……」

「ヒューゴのことが好きなんだろ？」

どうでもよさそうな声と表情で、ロベルトはそう言った。

リコリスは驚いて俯きかけていた顔を上げる。

ロベルトの無感情な紫色の瞳が、じっとリコリスを見つめていた。

「でも、どうでもいいことだ。君は俺と婚約した。君は将来俺の妻になる」

「………」

「不幸にはしない。君を幸せにできるよう、がんばるよ」

「どうして私なんかに、そんな……」

「君が優しいひとだって知ってるから」

そう言いながらもロベルトは無表情で、リコリスは今ロベルトが言った言葉が本心なのかわからなかった。

その後ロベルトは、「これを渡しにきただけだから」と言ってすぐに帰っていく。

部屋に戻ったリコリスがプレゼントの中身を見ると、箱の中には可愛いらしいテディベアが入っていた。昔、ふたりで話しているときにぬいぐるみの中では一番クマが好きだと言ったことがあるので、ロベルトもそれを覚えていたのかもしれない。

色々なことがありすぎて辛かったリコリスはそのテディベアを胸に抱いて、少し泣いた。

しかし、それから僅か半日後にそのテディベアはマーガレットに奪われ、あっという間に壊されてしまう。

母はそれを知っても、マーガレットを叱ったりはしなかった。代わりに、リコリスがヒューゴと話していたことを侍女から聞いて、「妹の婚約者に粉をかけるような真似はしないでちょうだいね」と冷たくリコリスに釘を刺した。

いつもの日常だ。

……しかし、もうヒューゴがリコリスの隣で笑ってくれることはない。

あの太陽のような少年と過ごした輝かしい思い出だけが、まるで傷痕のような痛みを伴いながらリコリスの胸に残った。

「ロベルト、会いに来てくれてありがとう」

「ああ」

「…………今日は、なんの話をしようかしら。最近は家で過ごすことが多いから、私は特に変わったことはないのだけれど……」

「俺もそうだ。でも、別に無理して話すこともないだろう。話したいことができたら、話せばいい」

「……そうね」

ロベルトがリコリスの婚約者になったことにより、リコリスとロベルトの交流は再開された。

けれど、リコリスは昔のようにロベルトに自然な態度を取ることができなくなっていた。

婚約者が入れ替わったことを、リコリスはそうすぐには受け入れられない。それに、リコリスがヒューゴに恋をしていたことをロベルトは知っている。

そのことを知られている気まずさもあったし、それを知っているはずなのに平然としているロベルトがリコリスは正直理解できなかった。

とはいえ、別にロベルトとともに過ごす時間が苦痛なわけではない。

相変わらずなにを考えているのかわかりにくいが、それでもロベルトはリコリスに優しかった。

彼と過ごす時間が穏やかなことは、昔から変わらない。

ロベルトがウィンター伯爵家に来た日はただ静かに言葉を交わし、本の話をしたり、日常の取り留めのない話をしたりして、のんびりとふたりの時間を過ごす。ロベルトが勉強をして、その間はリコリスが刺繍や読書をするということも時々あった。

おそらくロベルトは過去のヒューゴと同じように、リコリスが家で不遇な扱いを受けていることに気付いている。だからこそ、特に理由もなく頻繁にリコリスの元を訪れ、リコリスのことを気遣ってくれているのだと思う。

優しいひとだ。それは友人だったときから変わらない。

しかし、リコリスにはロベルトに対して、とある大きな不安がひとつあった。それはロベルトに優しくされればされるほど大きくなっていき、けれどロベルト自身に確かめることもできず、リコリスの胸に影を落としていた。

そんな憂鬱な気持ちから目を逸らすようにリコリスが黙々と刺繍をしていると、ふいにロベルトの視線がリコリスへと向けられた。口を開いたロベルトは、淡々とリコリスに尋ねてくる。

「今度、うちの屋敷に来ないか？　いつも俺がこちらに招かれているから、たまには俺も君をもてなしたいんだが」

「……ごめんなさい」

「じゃあ、ふたりで外に出かけるのは？」

「……それも、ごめんなさい。お母様は相手が婚約者であっても結婚するまでは過度な接触をするべきじゃないって考えのひとだから……」

リコリスは力なく微笑み、ロベルトの誘いを断った。

実際、母はその手のことにかなり厳しい。最近では、相手が婚約者であっても男性とふたりきりになることは禁止されており、今だって部屋の中にはふたりの侍女が控えている。それに関しては、リコリスだけでなくマーガレットに対しても同じなので、いつもの差別などではないのだろう。

……さりとて、もし母がその手のことに厳しくなかったとしても、リコリスはロベルトからの誘いを受けていたかはわからない。

十五歳の誕生日会にとあることがあってから、リコリスはロベルトと必要以上に顔を合わせるのを避けるようになっていた。彼の心の裡が見えなくて、リコリスはロベルトとふたりきりになるのがどうにも怖かったのだ。

リコリスのにべもない返事に、ロベルトは「そうか、残念だ」と短く呟いた。

この手の誘いはいつも断っているので、彼も断られ慣れてはいるのだろう。ロベルトもそれ以上食い下がろうとする様子はなかった。

その後、リコリスを見つめていた紫の瞳がスッと静かに動く。僅かに逸れたその視線はリコリスに向けられたままではあるものの、なぜだか目線は交わらない。

リコリスは小首を傾げた。

「……ロベルト?」

「それ、着けてくれたんだな。よく似合ってる」

「…………ああ、このイヤリングのことね……」

そこでリコリスは、ロベルトの視線が自身の耳元に向けられていることに気付いた。見ようとしてもリコリス本人からは見えないが、首を動かすと耳にぶら下がったものが微かに揺れるのが自分でもわかる。

そのイヤリングは、この前迎えた十六歳の誕生日にロベルトから贈られたものだった。緑色の宝石とダイヤが使われた、銀色のイヤリング。動くたびに小さな宝石がちりちりと揺れるのが可愛らしくて、贈られたときはリコリスもうれしかった。

ロベルトは目を細めて満足そうに微笑む。

「見つけたとき、君にぴったりだと思ったんだ。宝石の色も君の瞳と同じ緑だったし、デザインも繊細で美しくて……着けてるところを見ても、やっぱり君のために作られたみたいに綺麗なイヤリングだ。本当によく似合っている」

いつもよりロベルトは饒舌だった。どこか興奮しているようにも見える。

けれど、その言葉をリコリスは喜ばしいとは思えなかった。むしろ、イヤリングの話題が出てからリコリスの心は徐々に陰りを帯びていく。

(……なら、どうして同じものをマーガレットにプレゼントしたの？)

口から出かけた言葉を呑み込み、リコリスはゆったりと微笑んで「ありがとう」と言った。大人に近付くにつれ、前よりも作り笑いが上手くなっている気がする。

イヤリングを受け取ったとき、リコリスはうれしかった。同じイヤリングをロベルトがマーガレットに渡したのを知らなければ、きっと今もうれしいままでいられただろう。

昨年の誕生日から、ロベルトはマーガレットにもリコリスと同じものをプレゼントするようになった。それがなぜなのかは、リコリスにもわからない。プレゼントをふたつ選ぶのが面倒だからか、それともリコリスのことがどうでもいいからか。

去年は花束とブレスレット、今年は花束とイヤリング。自分がもらったものと同じものをマーガレットが身に着けているのを見るたび、リコリスの胸は締め付けられるように痛んだ。

ロベルトは自分の婚約者なのに。リコリスとマーガレットのどちらがおまけなのかすら、リコリスにはわからない。それを問いただす勇気もない。

（……本当はロベルトも、マーガレットと婚約したかったと思ってるのかもしれない……）

外では天使のように明るく愛らしく振る舞うマーガレットは、歳の近い貴族令息たちに人気だった。数年前までマーガレットに避けられていたロベルトですら、もしかしたら今はマーガレットのことが好きなのかもしれない。

そんな後ろ向きな想像に、ずくり、とリコリスの胸の奥が痛んだ。

それに気付かないふりをして、リコリスはロベルトに向かって微笑む。

「来年のプレゼントが今から楽しみだわ。ロベルトはいつも、素敵なものを見つけてきてくれるから」

「ああ。期待しておいてくれ」

ロベルトは少し照れくさそうな表情をした。

それから、ふいとリコリスから目を逸らし、開いたままだった本のページに再び目を落とす。

高い鼻筋。形のいい唇。ほのかに赤らんだ頬。紫色の瞳を縁取る長いまつ毛——その美しい横顔を、リコリスはしばしば見惚れたようにぼんやりと眺めた。

正式に婚約の話がまとまってから気付けば約三年の月日が流れ、リコリスは十六歳に、ロベルトは十八歳になった。

リコリスはほんの少し身長が伸び、ほんの少し体付きが大人びただけだったが、ロベルトの見目は昔と随分変わった。

ロベルトの身長はぐんと伸び、昔は少女のように華奢だった体付きも男らしいものへと日々成長していた。それでいて顔は作り物のように整っているものだから、最近のロベルトはまるで王子様のようだと周りから持て囃されている。昔は無表情無口のロベルトを気味が悪いと遠巻きにしていた令嬢たちも、今ではあっさり手のひらを返して『冷たいところもクールで素敵』などと言ってロベルトに秋波を送っているらしかった。

その令嬢たちの中には、ヒューゴとの関係が上手くいっていないらしいマーガレットも含まれている。あれほどロベルトのことを嫌っていたはずのマーガレットは、まるでひとが変わったようにロベルトへ自分から声をかけるようになっていた。

『あんないい男になるなんて、聞いてないわよ』

そう唇を尖らせるマーガレットは婚約者になる相手を交換したことを後悔しているようで、しかしそれほど悲観しているわけでもなさそうだった。

むしろ、リコリスに向けられる青い瞳はいつも自信に満ちあふれている。ヒューゴに毛嫌いされているはずのマーガレットはなぜか自身が幸せになれることを確信しているようで、そんなマーガレットにリコリスは時折言いようのない不安を覚えていた。

「……リコリス？　どうかしたのか？」

「え……？」

突如声をかけられ、物思いに耽《ふけ》っていたリコリスはハッと顔を上げた。

なぜだかロベルトが気遣わしげにリコリスを見ている。

「ロベルト？　なに？」

「ずっと刺繍の手をとめてぼうっとしているものだから、いったいどうしたのかと……」

「あ、ああ……なんでもないの。少し考え事をしていただけよ」

誤魔化すように笑って、リコリスは刺繍を再開する。

しかし、なおもロベルトはリコリスに対してじっとなにか言いたげな視線を注いでいた。その圧に耐えかねたリコリスは、もう一度そろりと顔を上げる。

「……ロベルト、まだなにか言いたいことが？」

「言いたいことというか……君がなにかに悩んでるんじゃないかと思って……」

「……………」

(悩んでいるというより、あなたに悩まされているのよ……)

と、嫌味のひとつでも言いたくなったが、ロベルトに悪気がないことはわかっている。

リコリスは苦笑しながら首を横に振った。

「本当になんでもないの。心配してくれてありがとう」

「なら、いいが……」

ロベルトはまだ納得いかないような顔をしていたが、それ以上追及してはこなかった。

ちょうどそこで、コンコンとノックの音が響いた。

リコリスが返事をすると、躊躇《ちゅうちょ》なくドアが開けられる。入って来たのはリコリスの母だった。

「ご機嫌よう、ロベルト」

「……お久しぶりです。ウィンター伯爵夫人」

「あらやだ、そんな他人行儀な呼び方しなくてもいいのよ。あと何年かしたら、私たちは義理の親子になるんだから」

「まあ、そうかもしれませんね」

母はリコリスの隣に腰掛け、刺繍をするリコリスの手元を見下ろした。母の形のいい眉が大袈裟なほどひそめられ、リコリスの肩が小さくびくりとする。

「リコリス、刺繍なんかしてないでもっとロベルトをもてなさなきゃダメでしょ？　もう、この子ったらほんと気が利かないんだから……つまらない子でごめんなさいね、ロベルト」

（ロベルトの前でそんなこと言わなくてもいいのに……）

リコリスは羞恥《しゅうち》に顔を赤くして項垂れた。

ロベルトが訪れているときにリコリスの部屋にやってくる母は、大体いつもこんな感じだ。なにを考えているのかわからないが、毎回わざわざリコリスを落とすような発言をしてくる。そのくせロベルトのことは気に入っているようなので、なにがしたいのかリコリスにはよくわからなかった。

「リコリスはよく気が利きますし、つまらない子なんかじゃないですよ」

リコリスが唇を噛んで俯いていると、ロベルトは母に向かって淡々とした声でそう反論した。

母は一瞬面食らったような顔をした後、顔に少し引きつった苦笑を貼り付ける。

「……そう。あなたがそう言ってくれるなら問題はないわ」

「ウィンター伯爵夫人は、本当にマーガレット嬢とよく似ていますね」

なんの脈絡もないその発言に、リコリスはきょとんとした。だが、マーガレットを溺愛する母にとっては褒め言葉のように感じられたようだ。

「ええ、よく言われるわ。あの子は私の子どもの頃にそっくりよ」

「やはり、そうですか」

ロベルトは無表情で母を見つめていた。その目はいつもより冷めているようにも見えたが、母はそれに気付いていないらしい。

上機嫌でペラペラとマーガレットの話をした後、「ゆっくりしていってちょうだい」とロベルトに言って、母は満足げな顔をして部屋から出て行った。

リコリスは肩の力を抜いて、小さく息を吐いた。ようやく嵐が去ったような気分だ。

そうしてリコリスは頬を緩め、向かいのロベルトにお礼を言う。

「……ありがとう、ロベルト」

「本当のことを言ったまでだ」

ロベルトはそう言って微笑んでくれたが、リコリスが退屈な少女であることに関しては母の言う通りだと思う。事実、自分でもお喋りがもっと上手ければと思うことも少なくない。

けれど、ロベルトとふたりでいるときは、言葉なんてなくても穏やかな時間を過ごせた。なにか話さなければと焦ることもあるが、結局は無言の時間もロベルトとなら心地よく過ごせている。

……そう思っているのは、リコリスだけかもしれないが。

俯いていたリコリスの顔に自嘲的な笑みが浮かぶ。

すると、突然向かいからロベルトの手が伸びてきて、リコリスの手に軽く触れた。ほっそりとした、白く美しい、けれどしっかりと骨ばった男性の手だった。

突如ロベルトに握られたリコリスの手はびくりと軽く跳ねる。肌が触れ合った場所から熱が生まれ、それが全身を駆け巡り、心臓がとくとくと早鐘を打ちはじめた。

「ろ、ろべると……っ？」

リコリスは目を白黒とさせながらロベルトと視線を合わせる。

手を握られたの自体は初めてじゃない。エスコートの際にロベルトに手をとられることなんてよくあることだった。

けれど、それ以外でこうやって手を握られたのは初めてかもしれない。

ロベルトの紫色の瞳がどこか真剣にリコリスを見つめる。

「リコリス、俺はヒューゴと違って頼りないかもしれないが、それでも、もしなにか困っていることがあったら俺を頼ってほしい。俺は君の婚約者で、俺は君を幸せにしたいと思ってる」

「え、ええ、ええ……もちろん、もちろんよ……だから、その、手を、あの……は、針を持っていて危ないから……！」

「ああ、すまない」

ロベルトはあっさりと手を引っこめてくれた。

そうしてリコリスもようやくホッと胸を撫で下ろす。……が、いまだに心臓はばくばくと音を立てているし、顔の熱もなかなか引いてくれそうになかった。

「リコリス、照れてるのか？」

「…………」

赤い顔をしたリコリスは、じとりとした目でロベルトを軽く睨んだ。

しかし、幼い頃は逆にリコリスがそんなことをロベルトに尋ねた覚えもあったので、そう責めることもできなかった。そもそも、やけに優しい目をして微笑むロベルトを見ると、責める気になんてなれない。

（ほんと、よくわからないひと……）

優しいのに、リコリスを大切にしようとしてくれているのはわかるのに、ロベルトがマーガレットのことをどう思っているのかだけがわからない。

マーガレットのことを……リコリスのことをどう思っているのか聞きたくて、気になって、でもそれ以上に聞くのが怖い。意気地がない。

いや、そもそもそんなことを聞く権利なんてリコリスにはないのだ。

ロベルトとリコリスは政略結婚の相手で、それ以上でも以下でもない。マーガレットの我が儘があってもなくても、もともとお互いに多くを望みすぎてはいけない関係だ。特に、格下の伯爵家の娘であるリコリスは。

たとえロベルトがリコリスとマーガレットのことをどう思っていようと、こうやってリコリスを気遣って同じ時間を共有してくれるだけでロベルトには感謝しなければならない。

優しい友人が婚約者になってくれて、それだけで幸運なことなのに、いったいなんの不満があるというのだろう。

もしロベルトがリコリスを愛していなくても、自分は恵まれているに違いない――そう自分に言い聞かせると、リコリスは濁った自分の気持ちが少しだけ楽になる気がした。


それからさらに二年の月日が流れ、リコリスとマーガレットはとうとう十八歳になった。この国では成人であり、大抵の貴族の令嬢たちが一斉に結婚しはじめる年齢だ。

十八歳になったリコリスは、自分を本当はどう思っているのかもわからないロベルトと結婚する日をただただ待っていた。待つしかなかった。

不安や後悔がないわけではない。

それでも家族の元でひとりぼっちで過ごすよりは、自分を不幸にはしないと言ってくれたロベルトを信じて、彼の元で暮らす方がずっと幸せだろう。

もう少しでそんな日々が訪れると、リコリスはなんの疑いもなく信じていた。

そんな日がやってくることを待ち望んでいた。

なのに——……

◇◆◇◆◇

リコリスは突然のマーガレットの我が儘に——五年ぶりの既視感に、軽い目眩《めまい》を覚えた。

一度フォークとナイフを置き、震える手でグラスに注がれたワインに口をつける。

（いまさら、また婚約者を交換したいだなんて……）

長い時間をかけて、ヒューゴを諦めた。

同時に、ぎこちないながらもロベルトと少しずつ仲を深めてきた。

にもかかわらず、今度は結婚相手を入れ替えようとマーガレットは言うのだ。しかも、家族と、婚約者たちが集ったこの場で。

誰もが唖然として、言葉を失っていたが、一家の主人である父が正気に戻るのは比較的早かった。

父は取り乱しながらもマーガレットに向かって声を荒らげる。

「マーガレット！　お前、なにを馬鹿なことを言ってるんだ⁉」

「お父様……だって私、ヒューゴよりもロベルトとの方が気が合う気がして……」

「気が合うとかそういう問題じゃないだろう！　ヒューゴの前でよくもそんな――」

「俺は構いませんよ」

その淡々とした言葉に、父の怒号がぷつりと途切れた。

家族全員とロベルトの視線がヒューゴへと集まる。

その視線をものともせず、ヒューゴは悠然とワインを飲み干し、ニヤリと不敵に笑った。

「お嬢さんは俺との婚約を破棄したいということですよね？　構いませんよ。俺もマーガレットとは気が合わないと常々思っていましたから」

「し、しかし……」

「そうよね。もともとヒューゴはリコリスと結婚するはずだったんですもの。やっぱり最初の組み合わせが一番よかったのかもしれないわ」

狼狽《うろ》えた様子の父とは対照的に、母はゆったりと笑っていた。自分によく似たマーガレットが希望通りの幸せな人生を歩むことが、母の幸せなのかもしれない。

母の視線がゆったりとロベルトへ向けられる。

「ロベルトはどうかしら？　あなたが婚約者をマーガレットに変えても構わないと言ってくれるなら、話は丸く収まるのだけれど」

リコリスの意見など聞く気のない母の言葉に、リコリスは傷付いた。

けれど、今はそれどころではない。

リコリスはおそるおそる隣のロベルトを見つめる。

食事の手を止めて今までのやりとりを静観していたロベルトは、涼しい表情のままだった。

紫色の瞳が一瞬ちらりとリコリスを見て、またすぐに前を見据える。

「マーガレット嬢はヒューゴとの婚約を破棄するということですか」

「そ、それは……」

「ええ」

父の声をかき消すように、マーガレットが朗らかな声で頷いた。

すると、それに同調するようにヒューゴも冷やかな声で言う。

「当然だ。仕方なく来てやった祝いの席で『他の男の方がいい』と言われたんだぞ？　そんな女と結婚したいなんて、誰も思わないだろ。俺も、もちろん俺の父上も」

「っ……！」

父の表情がサッと青ざめた。

しかし、事の重大さをわかっていないのか、その合間にもマーガレットと母は楽しげに会話を交わしている。

「昔はロベルトのことがよくわからなかったけど、きっと私が子どもだったのね。今ならわかるわ、ロベルトが素敵な殿方だって」

「仕方ないわ。子どものときの恋愛なんておままごとみたいなものだもの。年齢を重ねて初めてわかるものもあるわ。ロベルトもそうじゃなくって？」

「……さぁ、どうでしょう」

答えたロベルトの声は冷めていた……ような気がする。

しかし、本当のところはリコリスにもわからない。婚約者のリコリスに贈ったものとまったく同じものをマーガレットにプレゼントするロベルトの気持ちなんて、リコリスにはわからない。

わかりたくもない。

（こわい……）

リコリスは俯いて、ギュッと膝の上で手を握り締める。

二度目だからこんなにも怖いのだろうか。それとも――

「ねぇ、ロベルト。私と結婚してちょうだい？」

蜂蜜《はちみつ》のような甘ったるい声で、マーガレットがロベルトにねだった。

顔なんて見なくてもわかる。きっと、天使みたいに愛らしく微笑んでいるのだろう。

リコリスの心臓がどくどくと嫌な音を立てた。

この場から逃げ出したい――……そんな気持ちをこらえながら、リコリスは死刑宣告を待つ罪人のような気分でロベルトの答えを待った。待つしかなかった。

それから数秒後、隣から微かな笑い声が漏れ、すぐに冷ややかな声が続く。

「――嫌に決まっているだろう。この恥知らず」

「…………え？」

マーガレットの口から間の抜けた声がこぼれた。

思わずリコリスが顔を上げると、ぽかんとした表情でマーガレットはロベルトを見ている。

「……え？　え？」

「聞こえなかったのか？　嫌だと言ったんだ、この恥知らず」

「ろ、ろべると……？」

マーガレットは信じられないものを見るような目でロベルトを見つめている。

周りから甘やかされてきた彼女にとって、こんなにもわかりやすく罵倒《ばとう》されたのは初めての経験だったのだろう。怒りや悲しみよりも、困惑の方が強いようだった。

そんなマーガレットを、ロベルトは鼻で笑う。

「子どもの頃あれだけ俺を馬鹿にしておいて、よく『私と結婚してちょうだい？』なんて言えたな。気色悪い」

「そ、それはだから、私が子どもだったから……！」

「子どもだったから許せって？　招かれたから仕方なく来たのに何時間も放置されて、顔を合わせたら合わせたで、『つまらない』『暗くて気持ち悪い』『ヒューゴの方がよかった』……君と過ごす時間は俺も本当に苦痛だった……」

そのロベルトの言葉には、その場にいたマーガレット以外の全員が唖然とした。

マーガレットが家にやってきたロベルトを放置していたことは、リコリスも知っていた。

しかし、まさかロベルト本人に直接そんなことを言っているなんて夢にも思わなかった。

礼儀がなっていないどころではない。この話を社交界で広められていたら、ウィンター伯爵家は肩身の狭い立場に追い込まれていたことだろう。フリーデル侯爵家がいまだにウィンター伯爵家との繋がりを持っていてくれていることが不思議なくらいだ。

「ああ、でも、君が婚約者を入れ替えたいと言ってくれたことには感謝している。君が我が儘を言ってくれたおかげで、父上に婚約者をリコリスに変えてくれと頼む手間が省けた。まあ、俺の身長が伸びた途端に気持ちの悪い声で擦り寄ってきたのは心底不愉快だったが」

「ま、マーガレットっ、お前という奴は……っ！」

ロベルトの暴露に、父の顔が赤くなったり青くなったりを繰り返す。

ここでようやく母とマーガレットも自分たちの旗色が悪いことに気付いたらしい。慌てた表情で言い訳を捲《まく》し立てはじめる。

「こ、子どもの頃のことは謝るわっ。失礼なことを言ってごめんなさい！　あの頃はどうかしてたのよ、きっと！」

「そうね、あの頃のマーガレットは我が儘なところがあって……でも今はそんなことないのよ？本当はすごく優しい子なの」

「突然『姉の婚約者と結婚したい』なんて言い出す女が、優しい子……？」

ハッ、とロベルトがマーガレットと母の発言を鼻で笑う。

母の顔は真っ青で、マーガレットはいまだに現実を受け入れられないのか、目を白黒とさせていた。

マーガレットはおろおろとしながら言う。

「そ、そんな……でも、あなたはいつも私にリコリスと同じプレゼントをくれたじゃない……だから、私……」

「まさか、そんなことで俺が君を好きだなんて思ってたのか？」

ロベルトが蔑むような目でマーガレットを見た。

下唇を噛んだマーガレットが、ひるみながらも悔しそうに頷く。

それが自身の思い違いだったことに、マーガレットも薄々気付いてはいるのだろう。

それでも、自分をよりいっそう惨めな方向に追い込んでしまうのは、彼女がまだ現実を受け入れられていないからなのかもしれない。

——ふいに、ロベルトがリコリスの方へと顔を向けた。

この急展開に呆気に取られていたリコリスは、無言でロベルトと視線を交える。

すると、さっきまでの冷たい瞳が嘘のように、ロベルトは穏やかな瞳でリコリスを見つめた。

「……君もそう思っていたのか？」

「え？」

「俺が君じゃなくてマーガレットのことを好きだと」

「それは……」

リコリスは視線を落とす。

ずっと、考えないようにしていた。目を逸《そ》らして、知らないふりをしていた。

ロベルトのことをマーガレットに取られてしまうのが怖かったから。

「……そうじゃなければいい、と思っていました」

「そうか……不安にさせてすまない」

「いえ、そんな……」

「今までの会話でわかるだろうが、俺はマーガレットのことなんてどうとも思っていない。彼女と結婚するなんて、冗談でもごめんだ」

（なら、どうしてマーガレットに婚約者の私と同じプレゼントを……？）

長年の困惑がリコリスの顔に出ていたのだろうか。ロベルトはリコリスの疑問を見透かしたように、淡々と答えはじめた。

「君に会いにきたときに、『君が俺にもらったものをすべてマーガレットに奪われている』と、この家の侍女たちが話してるのを偶然聞いたんだ。確かに君は俺の贈りものを身に着けていることが一度もなかったから、確かめなくてもおそらく本当の話なんだと察しはついた」

「………」

リコリスが肯定も否定もせず黙っていると、父が縋《すが》るような目でリコリスを見てきた。

けれど、どうにもリコリスはマーガレットを庇《かば》う気にはなれない。たとえ、リコリスがこの『ウィンター家の長女』でも。

ロベルトの視線がまたゆっくりマーガレットへと向けられる。その目は氷のように冷たく、鋭かった。

「直接君に注意しようかと思ったが、逆上した君たち家族がリコリスになにをするかわからないからな。結婚できる年齢になるまで家を出れないリコリスのことを考慮して、俺はリコリスが君から俺のプレゼントを奪われない方法を考えた」

そこで、リコリスはふと気付いた。

ロベルトがリコリスだけでなくマーガレットにもプレゼントを渡すようになってから、リコリスはマーガレットからプレゼントを奪われることがなくなっていた。

わざとらしく『私も同じものをもらったわ』と、自慢しに来ることはあったが、自分の手の中にあるものと同じものをマーガレットは欲しがらなかった。

「君にリコリスと同じものを渡せば、いくら強欲で恥知らずな君でも、リコリスのものを奪わないんじゃないかと思った。そしてその予想は当たったわけだ」

マーガレットの頬がかあっと赤くなる。

羞恥か、怒りか、そのどちらもか。

……しかし、マーガレットが口を開く前に、チッと大きな舌打ちがその場に響く。

「――回りくどい。それでリコリスを守ったつもりか？」

しばしの間黙っていたヒューゴが、険しい瞳でロベルトを睨んでいた。

「お前は自分のプレゼントがリコリスの手に残って満足だろうが、リコリスの気持ちはどうだ？　どうせ、リコリスに理由を説明したりもしなかったんだろ？　婚約者の自分へのプレゼントと同じものを妹が受け取っているのを見て、リコリスがなんとも思わないとでも思ってたのか？」

ヒューゴが冷めた声で煽《あお》るように言った。

ロベルトはヒューゴを睨み返しながらも、少しばつが悪そうな顔をしている。

「……不安にさせたのは申し訳ないと思っている。ふたりで会うときは部屋に誰かしらがいて、リコリスに伝えられるタイミングがなかった……リコリスはこちらの家に来たがらなかったし、手紙も伯爵夫人が先に開封して中身を見ると聞いていたから、余計なことをしたら逆効果だと思ったんだ」

「申し訳ないと思ってる、ね。お前みたいな言い訳しかしない奴は口で謝るだけで、何度も同じことを繰り返すだろうな、きっと」

ヒューゴは皮肉っぽい笑みを浮かべてそう吐き捨てた。そして、ゆっくりとリコリスの方へと視線を向ける。

金色の瞳がまっすぐにリコリスを見つめ、リコリスは戸惑いながらその瞳を見つめ返した。

「リコリス、お前はどうしたい？」

「……え？　ど、どうって……」

「本当にこいつと結婚するのか？　それとも、俺と？」

「ヒューゴ・テランド‼」

突如、ロベルトがダンッとテーブルに手をついて立ち上がった。

初めて聞いたロベルトの大きな声に、リコリスだけでなくウィンター伯爵家の全員が目を丸くする。ただ、ヒューゴだけは臆することなくロベルトを下から睨め付けていた。

ロベルトとヒューゴが無言で睨み合う。

ピリピリとした緊張感のある雰囲気にリコリスが息を呑んだところで、ふたりの視線が同時にスッとリコリスを捉えた。

（え……）

「リコリス、君はこのまま俺と結婚するんだよな？」

「お前との結婚なんて白紙にして俺と結婚するに決まってるだろ。な、リコリス？」

「リコリス、俺だよな？」

「いいや、俺だよな、リコリス？」

ふたりの男から問い詰められて、リコリスの頭の中は真っ白だった。

婚約者の男と、婚約者になるはずだった男。社交界で若い女性に人気のふたりが、なぜかどちらもリコリスに求婚している。

「っ……どうしてこんなことになってるの⁉ これじゃあまるで私があまりものみたいじゃない‼」

取り乱したように叫ぶマーガレットをヒューゴは鬱陶《うっとう》しそうに見やり、バカにしたように言う。

「あまりものみたいじゃなくて、実際お前はあまりものなんだよ。まあ、今からでも新しい婚約者を探せばいいんじゃないか？ 性格が悪くても若けりゃ誰でもいいって言う好色なオヤジも探せばいるだろうからな」

「そんな……‼」

すると、テーブルに伏せるようにしてマーガレットは大声で泣き出した。今回は嘘泣きではなく、本当に泣いているようだ。

母はすぐにマーガレットに駆け寄って、宥めるようにその背中を撫でている。

いつもと違って、リコリスはその光景を見ても悲しくならなかった。それどころではなかったからかもしれない。

「ふ、ふたりとも落ち着いてくれないか。マーガレットが一番悪いのはわかっているが、しかし

……その……」

「俺は婚約者のリコリスに愛を伝えているだけです。なんの問題もないでしょう？」

「俺だって、あなたの娘に婚約破棄して婚約者を入れ替えたいと言われたから、それに乗っているだけです」

「いや、あの、それは……」

父は狼狽えたように視線を泳がせている。顔からはだらだらと冷や汗が流れていた。

再び、ロベルトとヒューゴの視線がリコリスへと向けられ、リコリスの肩がびくっと大きく跳ねる。

「リコリス、どっちがいいんだ？」

「リコリス、俺と結婚するんだよな？」

笑っているのに、ふたりの目はやたらとギラギラしていて怖かった。

(どうしてこんなことに……)

図らずも、先ほどのマーガレットの絶叫と同じ言葉がリコリスの頭に浮かぶ。

その合間にも、ロベルトとヒューゴはじりじりと身を乗り出して、リコリスを射抜くようにじっと見つめていた。

「わ、私は……」

リコリスは胸の前で震える両手をぎゅっと握り締める。まるで祈るような仕草だが、こんなめずらしい窮地を救ってくれる神はさすがにいないようだ。

リコリスの心臓はばくばくと音を立てて、今にも爆発してしまいそうだった。

極度の緊張と、恐怖と、迷い。

終いには息を吸うのさえ苦しくなって、そして――リコリスはその場にくらりと倒れた。

意識を失う寸前、ロベルトとヒューゴが「リコリス！」と自分の名を叫ぶのが聞こえたような気がした。

「ふたりの色男に迫られるなんて最高ね……その後失神するのは全然ロマンチックじゃないけど」

「……マリーナ、ふざけてる場合じゃないのよ」

「あら、わかってるわよ。あなたが悩んでいることも、それがさほど悩む価値のないことだっていうこともね」

マリーナは片目をパチリと閉じて、リコリスに向かって器用にウィンクをする。

（もうっ……全然真面目に聞いてくれないんだから……！）

リコリスは小さくため息をついて、温かい紅茶を一口飲んだ。

マリーナはリコリスの親友で、同じ伯爵令嬢だった。

真面目で大人しいリコリスと、お転婆で明るいマリーナは意外にも気が合った。正反対だからこそ、お互い過度にぶつからずに済んだのかもしれない。

今日、リコリスはマリーナの家に遊びに来ていた。というより、最近は毎日遊びに来ている。家にいるのが苦痛なのだ。

リコリスは今日何度目になるかわからないため息を吐く。

すると、マリーナがくすくすと笑った。

「あのふたりに求婚されてこんなに暗い顔してるのなんて、あなたぐらいでしょうね」

「そうかしら……」

「そうよ。普通の女ならきっと、さっさと好きな方の男と結婚して、あんな最低な家から逃げ出しているわ」

フンとマリーナは鼻を鳴らした。

マリーナは、リコリスが家族から受けてきた仕打ちを知っている、数少ない友人のひとりだった。もともとリコリスの家で働いていた侍女が今はマリーナの家で働いており、数年前に彼女からその話を聞いたらしい。

当時からリコリスと親しかったマリーナは、その話に激しく怒っていた。マーガレットに向かって直接注意することもあったぐらいだ。

しかし、外面のいいマーガレットは天才的に被害者面が上手いものだから、なぜかこちらが責められることの方が多かった。特に貴族令息たちは天使みたいな見た目のマーガレットの味方で、リコリスはよく意地悪な姉扱いされたものだ。それでも家よりは学校の方がマシだったので、あまり気にしていなかったが。

「我が儘な双子の妹と、妹をひいきする母親と、役に立たない父親……リコリスは今までがんばってきたんだから、これから幸せにならなきゃ」

「私だって不幸になりたいわけじゃないわよ。でも、あんなことになるなんて……」

マーガレットの方が好きなのではないかと疑っていたロベルトが本当はリコリスと結婚したいと思ってくれていて、さらにはマーガレットの婚約者だったヒューゴもリコリスと結婚したいと言い出した。

——あの日から、ウィンター伯爵家の雰囲気は地獄である。

マーガレットとヒューゴの婚約は解消された。いや、正確にいえばマーガレットが婚約を破棄したことになり、ウィンター伯爵家はテランド伯爵家に多額の慰謝料を払うことになった。

今回の婚約破棄の件は、すでに社交界でもかなり噂になっている。

それとともに過去のマーガレットが行ったロベルトへの仕打ちや、誕生日会でのヒューゴへの無礼な発言などもどこからか広まっており、ウィンター伯爵家は格式を重んじる貴族たちから厳しい視線に晒《さら》されていた。

これでは、マーガレットの新しい婚約者が見つからない……どころの話ではない。このままではウィンター伯爵家は社交界に顔を出せなくなってしまうだろう。

「はぁ……これからどうなるのかしら……」

「そんなに思い詰めなくても大丈夫でしょ。あなたはロベルトかヒューゴ、どちらかと結婚してあの家から逃げればいいだけよ」

「そんな簡単な話じゃないでしょ。第一、どちらを選ぶかなんてそんな話でもないわ。私の婚約者はロベルトなんだから」

「あら、ロベルトの方が優勢みたいね」

「だ、だからっ、そういう話じゃなくて……！」

リコリスの頬が赤みを帯びる。

どちらを選ぶかなんてそんな話ではない。確かにリコリスは過去ヒューゴに恋をしていたが、それはもう五年も前のことだ。その間にリコリスの婚約者はロベルトになって、戸惑ったり不安になったりしながらも、ふたりは婚約者として五年もの歳月を過ごしてきた。

あの誕生日会の日、ロベルトがマーガレットをはっきりと突き放したことにリコリスは驚き、なにより安堵した。ずっとつかえていた胸の息苦しさがスッと解消したようだった。

ロベルトは『不安にさせてすまない』と過去の言動をリコリスに謝罪したが、言葉が足りなかったのはリコリスも同じだ。

どうしてマーガレットに自分と同じものをプレゼントするのか、とロベルトに一言問いかければよかったのに、傷付くのが怖くてできなかった。勝手に不安になって、ロベルトによそよそしい態度をとって――

ヒューゴはロベルトだけを責めたが、間違いなくリコリスにも落ち度はあった。もしかすると、ロベルトもリコリスのよそよそしい態度に不安を覚えていたかもしれない。

あの日見たロベルトの穏やかな瞳を思い出すと、いまだに胸がそわそわとする。

ここ数年、ロベルトと顔を合わせる機会なんて何度もあったのに、彼とちゃんと目を合わせたのは久しぶりだったような気がした。いや、卑屈過ぎたリコリスが俯いてばかりいただけで、ロベルトはいつも優しい瞳でリコリスを見つめていたのだろうか。

マーガレットを冷笑したロベルト、ヒューゴに対して声を荒らげ彼を睨みつけたロベルト、真剣な目をしてリコリスに結婚を迫ったロベルト――あの日見たロベルトはリコリスの知らないロベルトばかりで、けれどそんな彼を思い出しても不快な気分にはならなかった。

（あれってつまり、ロベルトは私のことが好きってことでいいのよね……？）

はっきり『好きだ』と言われたわけではないが、ヒューゴとの舌戦を思い返すとそうとしか思えない。それに、リコリスを見つめたときの彼の瞳からは、確かに愛情のようなものを感じられたのだ。

（あのロベルトが私を好きだなんて、なんだか不思議な気分だわ）

いったい、いつロベルトの心にそんな感情が芽生えたのだろう。もしかすると、あの妖精の絵本をプレゼントしてくれた頃には、リコリスのことを憎からず想っていてくれたのだろうか。

黙りこくったままのリコリスを見て、マリーナは軽く肩を竦《すく》めた。

「リコリスは色々考えすぎなのよ。あなたは後は幸せになるだけ」

「でも、家のことだってあるし、お父様たちのことも……」

「あんな家族のことなんて放っておきなさいよ。ほんとお人好しなんだから」

リコリスはむっとしたが、マリーナはにこにこと笑ったままだった。

そして、マリーナは笑顔のまま言葉を続ける。

「リコリス、あなた結局、ロベルトとヒューゴのどちらを選べばいいのか迷ってるんでしょう？」

「迷ってるというか、戸惑ってるというか……」

「ふたりとちゃんと話をした方がいいわ。逃げ回ってたっていいことなんてないわよ」

そう言ったマリーナの視線が、スッとリコリスの背後へと向けられた。

リコリスがきょとんとした、次の瞬間——


「やっと見つけた」

今聞こえてくるはずのないその声に、リコリスはぴたりと動きをとめた。振り返ることもできず、笑顔のマリーナを呆然と見つめることしかできない。

だが、今後ろに誰がいるのかなんて、考えなくてもリコリスにはわかっていた。

(ど、どうしてここにヒューゴが……?)

肩に手を置かれた瞬間、リコリスの体がビクッと大きく跳ねる。

背後からリコリスの顔を覗き込んできたヒューゴはそれを見ておかしそうに笑った。五年ぶりに見た、あの明るいヒューゴの笑い方だった。

「そんなに驚くことないだろ?」

「ひゅ、ひゅーご……どうして……」

「マリーナに頼んだんだ。お前が俺を避けるから」

リコリスが毎日のようにマリーナの家を訪れているのは、重苦しい雰囲気の屋敷にいたくないからであり、リコリスに会いにくるロベルトとヒューゴから逃げたいからでもあった。

(だって、いきなりあんなことになって、どうすればいいのかわからないんだもの……)

リコリスは俯いて、ヒューゴから目を逸らす。

どっちがいい？　なんて突然聞かれても困る。家同士のことなのに、リコリスが勝手に決められることじゃない。

確かに昔はヒューゴのことが好きだった。

しかし、今となってはもう五年もまともに会話をしていない相手だ。

それになにより、今のリコリスの婚約者はロベルトで、リコリスはロベルトのことが嫌いじゃなかった。

(……ううん、ロベルトが嫌いじゃないとかそんなんじゃなくて、私――……)

『似てる。けど、君の方が綺麗かな』

絵本の妖精をリコリスに似ていると言って、さらにリコリスの方が綺麗だと褒めてくれた少年の頃のロベルト。あのときも彼は、まっすぐにリコリスを見つめていた。

不器用で、不愛想で、でもいつだってリコリスには優しかった。リコリスを気遣って、守ろうとしてくれた。幸せにすると何度も約束してくれた。

(……私は、ロベルトがマーガレットのことが好きだったらどうしようっていつも不安で、それはきっと私がロベルトのことを――)

自分の気持ちに気付いた瞬間、リコリスの顔はいっそう赤くなった。あの神秘的な紫の瞳を思い出すと、途端に胸の鼓動がうるさいくらいに騒がしくなっていく。

俯いたまま動こうとしないリコリスを見て、マリーナは諭すように言った。

「リコリス、黙っていても仕方ないじゃない。ロベルトとヒューゴ、どちらと結婚するか決めて一日でも早くあの家を出た方が身のためよ」

「そんなこと言われても……」

「とにかく、ヒューゴとふたりで話し合ってみたらいいじゃない。せっかくここまで来てくれたんだから。もちろん、後でロベルトとも話すのよ。私はここで待ってるから、ふたりでうちの庭でも散歩してきたら？」

ペラペラと勝手なことばかり言うマリーナをリコリスは睨んだが、マリーナは涼しい表情で紅茶を飲んでいた。

それを恨めしく思いつつ、リコリスは緩慢な動きで席を立つ。

ようやく立ち上がったリコリスが顔を上げてヒューゴと目を合わせると、ヒューゴは唇の端を吊り上げて満足げに笑った。

「行くぞ、リコリス」

「ヒュ、ヒューゴっ？」

突然手を摑まれ、少し強引に腕をひかれた。目を丸くしたリコリスはそのままヒューゴに連れられて、マリーナの家の庭へと向かうことになる。

リコリスが振り返ると、にっこりと笑ったマリーナがひらひらと手を振っており、リコリスは涙目でマリーナを睨んだ。


「こうやってふたりで話すのは久しぶりだな。……昔は当たり前だったのに」

「そうね……」

庭を歩きながら、ヒューゴとリコリスはぽつぽつと言葉を交わした。

ヒューゴは平然としているが、リコリスはずっと俯きがちだった。五年ぶりになにを話したらいいのかわからないし、こうやってヒューゴとふたりきりでいることをロベルトに知られてしまったらと思うと落ち着かなかった。

ふと、マリーナの家の庭に立つ大きな木の前で、ヒューゴは立ち止まる。

それに合わせてリコリスも足を止めた。そして、ちらりとヒューゴの方を見る。

ヒューゴの金色の目が、まっすぐにリコリスを見ていた。穏やかで、それでいて真剣な瞳だ。

「リコリス」

「……はい」

「単刀直入に言う。俺と結婚してほしい」

想定していた言葉のはずなのに、リコリスの心臓がどくんと大きく跳ねた。

ただの緊張からか、それともまだ昔の恋心が僅かにでも残っていたからなのかは、リコリス自身にもわからない。

リコリスが口をつぐんでいると、ヒューゴはさらに言葉を重ねる。

「……あの日のこと、ずっと後悔してた。お前が俺のために『自分がロベルトと結婚したいと言った』って嘘を吐いたのをわかってたのに、お前を責めて、結局どうすることもできずお前を諦めた」

「ヒューゴ……」

意外な言葉にリコリスは軽く息を呑む。

あれは、ヒューゴが父親に責められないためについた嘘だった。でも、ヒューゴがその嘘に気付いていることは、リコリスも知らなかった。

あの日、背を向けて去っていったヒューゴの姿を思い出すと胸が切なくなる。

大好きなひとだった。

自分を守ってくれる王子様だと信じていた。

懐かしさにリコリスは目を伏せる。

あの眩しい思い出の日々には、温かな愛があった。つたない恋があった。

――けれど、リコリスの瞼《まぶた》の裏に浮かぶのは、もうヒューゴの顔ではないのだ。

意を決して、リコリスは顔を上げる。今度はリコリスがまっすぐにヒューゴを見つめた。

「ヒューゴ、私、あなたのことが好きだった。結婚して、ずっと傍にいてほしいくらい、大好きだった。大切だった。あなたがいてくれたから、家でひとりぼっちでも耐えられた」

「……過去形なんだな」

ヒューゴは肩をすくめて苦笑した。

もしかすると、彼は最初からリコリスの答えなどわかっていたのかもしれない。わかった上で、リコリスのためにここまで来てくれたのかもしれない。

リコリスは僅かに頬を緩めて言う。

「ずっと、ロベルトがマーガレットのことを好きなんじゃないかって怖かった……あの日、ロベルトがマーガレットを拒んでくれて、本当にうれしかった……」

「……仲の悪い妹に自分と同じプレゼントを贈るような男でも？　しかも、お前にひとこと言えばお前が不安にならずに済んだこともわからない馬鹿な男だぞ」

「……悪気はないのよ」

昔から、ロベルトは本ばかり読んでいる男の子だった。

マーガレットはそんなロベルトを退屈だと言ったが、リコリスは彼と過ごす時間が不快ではなかった。むしろ、彼と過ごす時間は楽しくて、ロベルトが屋敷に来る日が待ち遠しかったくらいだ。

ロベルトが淡々と話す面白い本の内容を聞きながら刺繍をしたり、お菓子を食べたり――彼と過ごすそんな穏やかな時間がリコリスは好きだった。

地獄みたいな人生の中で、ロベルトの存在は確かにリコリスの救いだった。

過去のヒューゴの存在と同じように。

「納得いかないな……俺の方が絶対いい男なのに」

ヒューゴは悔しそうに呟く。

しかし、それ以上は強く食い下がる気もないようで、ふっと小さく嘆息した。

「あの日、諦めなければなにか変わってたのかもな……いや、今更なに言ったところで、たらればか……」

あの日、自分が絶対にヒューゴと結婚したいと言っていれば――……リコリスもそう思ったことは何度もあった。

けれど、そうはならなかった。できなかった。

結局あのときのリコリスとヒューゴはまだ子どもで、お互いのすべてを投げ出してまで愛し合える力も覚悟もなかった。

そうして五年の月日がたち、気付けばリコリスはロベルトに恋をしていた。

実らなかった恋の傷を時間をかけて癒《い》やしながら、ゆっくりと、静かに、あの変わり者で不器用な少年と恋に落ちた。

ヒューゴが背を向けてリコリスの前から去ったあの日、リコリスの初恋は終わった。

悲しくて苦しい終わり方だった。それでも、こうしてまたヒューゴと昔みたいに話せたことを、リコリスは純粋にうれしく思う。

「ヒューゴ」

「……なんだ？」

「幸せになってね」

ヒューゴは目を見張った後、肩を落としてため息を吐く。

「……リコリス、お前は酷い女だ」

「そうかしら……？」

「ああ。……だが、お前はそのくらいがちょうどいいのかもしれない」

ヒューゴは笑った。

それから、打って変わって真剣な顔でリコリスを見る。

「リコリス、ウィンター伯爵家はもう終わりだ。俺の家はともかく、フリーデル侯爵家に見放されたのは痛いだろう。フリーデル侯爵家の後ろ盾のおかげで今まで生活できていたようなものだからな。爵位を没収されることはなくても、今後は実質没落貴族として生きていくしかないだろう」

リコリスはこくりと小さく頷いた。

ロベルトが幼い頃、マーガレットにあれほどの仕打ちを受けたのに、なぜフリーデル侯爵家がウィンター伯爵と繋がりを持ったままでいてくれたのか——その答えは、『ロベルトがそれを両親に黙っていたから』という単純なものだった。

もちろんロベルトも予定通りマーガレットが婚約者となっていたらさすがに両親に報告していただろうが、マーガレットの我が儘によりロベルトの婚約者はリコリスになった。彼にとっては非常にいい展開だったのだという。

リコリスと結婚したいと考えていたロベルトは、そのまま口をつぐんだ。下手に過去の話を持ち出すことでフリーデル侯爵家とウィンター伯爵家が揉《も》めて、リコリスとの婚約がなくなってしまうことがロベルトは嫌だったらしい。

しかし、今回の一件で状況はすっかり変わった。先日の騒動が社交界で広まったことによってフリーデル侯爵家は今までのマーガレットの侮辱的な言動を知り、ロベルトの両親は怒りを通り越して呆れてしまったらしい。

仕事においても、社交界においても、ウィンター伯爵家はフリーデル侯爵家の威光を頼って生活してきた。それを失うのはウィンター伯爵家にとって当然相当の痛手である。

父はなんとかロベルトの父に追い縋ろうとしているらしいが、まったく相手にされていないのが現状だ。

ウィンター伯爵家の評判は、今や地の底まで落ちている。無礼者を嫌う貴族たちからは遠巻きにされ、醜聞を楽しむ貴族たちからは嘲笑の的になっている状態だ。

領地の管理と仕事をするためだけに外に出て、あとは屋敷に閉じこもっていれば、ギリギリ貴族としての体面は保てるのかもしれない。お茶会やパーティーが大好きな母とマーガレットが、そんな生活に耐えられるのかはわからないが。

「リコリス、マリーナの言うとおり、お前は一日でも早くあの家を出た方がいい。甘さは捨てろ。お前が今まであの家族になにをされたのか忘れるな」

「…………でも、お父様は……」

「あのひとがお前になにかしてくれたことがあったのか？　なにもしてくれなかっただろう？

あのひとはお前が母親とマーガレットに苦しめられてるのを誰よりも知ってたはずなのに、なにもしなかった」

その言葉に、リコリスはハッとさせられた。

父だけは、悪いひとではないのだと思っていた。娘たちに平等だった。守ったり、助けたりはしてくれなかったが、リコリスに優しかった。

——けれど、もしかしたら逆だったのかもしれない。

父は優しかったが、リコリスを守ることも、助けることもしてはくれなかった。

どうでもよかったからか。面倒くさかったからか。

わからない。わからないが、リコリスが十八年間ずっとあの家で苦しんできたことが答えのような気がした。

（……あんなひとたち、家族なんかじゃないわ。大っ嫌い……）

そう心の中で吐き捨てると、途端に霧が晴れたようにリコリスの胸の裡はすっきりした。

そもそも本当はもうずっと前からわかっていたのだ。あのひとたちが、血の繋がっているだけの他人だと。それを心の底では認められなかったのは、リコリスの弱さ故だったのかもしれない。

「もうウィンター伯爵家の悪評は広まっている。お前が家を出て縁を切ったところで、責める人間はそういないだろう」

「ヒューゴ……」

「早くロベルトと話してこい。そして、ロベルトに伝えろ。『リコリスを幸せにできなかったら許さない』ってな」

そう言って、ヒューゴは少し寂しげに微笑んだ。

リコリスはなにかを言おうとして、けれど結局なにも言わず小さく頷く。

たとえどれほど言葉を尽くしても、リコリスはヒューゴを満足させる言葉を与えることだけはできない。

ヒューゴ・テランドはリコリスの初恋のひとだった。彼と一緒にいればなんだってできる気がした。幸せになれる気がした。大好きだった。

けれど、今はもうそれ以上でも以下でもない。

ふたりで芝生の上に行儀悪く寝転んで笑いあった日の太陽の眩しさと、草花の匂いを今でも覚えている。いや、きっと忘れることなんてないのだろう。

でも、もうあの日々に戻ることはない。

戻りたいと思ってはいけないのだ。

「さよなら、リコリス」

「……さよなら、ヒューゴ」

別れの挨拶をして、ヒューゴは静かに去っていく。

彼はこの言葉を告げるために、リコリスの元を訪れていたのかもしれない。いや、尻込みするリコリスの背中を押すために……だろうか。

ヒューゴは振り返らなかったし、リコリスもその背中を追いかけたりはしなかった。

遠ざかっていく背中は少し寂しげで、でもあの日と違い、随分とすっきりしているようにも見えた。


「リコリス！　よかった、帰ってきてくれたんだな！」

「リコリス！　待ってたのよ！」

マリーナの屋敷から帰ったリコリスを、焦った表情の父と母が出迎えた。

「ロベルトが来てるの。早く行って話をしてきてちょうだい」

「はい」

リコリスは淡々と言って、早足でロベルトの待つ客室へと向かう。

その間も、なぜか父と母はリコリスの隣を並んで歩き、母に至ってはぶつくさと愚痴を言っていた。

「フリーデル侯爵も頑《かたく》なな方で、どれだけ謝罪しても許していただけないの……今まで仲良くしていた貴族たちも手のひらを返したように冷たくて……本当に薄情なひとたちだわ。マーガレットもずっと部屋にこもったままで、なんてかわいそうなのかしら……」

「かわいそうだと？　あの子が諸悪の根源だろう！　お前があの子を甘やかさなければこんなことにはならなかったかもしれないのに！」

「甘やかしてなんかいないわ！　大切に育てただけよ！」

リコリスは口論する両親を無視して歩き続けた。

そして、客室が近づいたあたりで立ち止まり、無表情で両親を見据《みす》える。

「ここまでで結構です。これ以上近付くと、あなた方の声がロベルトに聞こえてしまいますから。これ以上恥をかきたくはないでしょう？」

リコリスの言葉に口論をぴたりと止めた両親は面食らったような顔をした。今まで従順だったリコリスの冷ややかな言葉に目を白黒させながら、おずおずと頷《うなず》く。

「……そ、そうだな。じゃあ、リコリス、後は頼んだぞ」

「ウィンター伯爵家の命運はあなたにかかってるんですからね」

両親の言葉にリコリスは眉をひそめる。

「……なんの話ですか？」

「だから、あなたがロベルトを説得するのよ。ウィンター伯爵家を助けてください、って。ロベルトはあなたが好きなんだから、あなたのお願いならきっと聞いてくれるわ」

「お前には大変な思いばかりさせてすまないが、もうそれしかない。私たちを助けると思って、どうか……」

両親の目は涙ぐんでいるように見えた。

しかし、リコリスはそれに心動かされることなく冷ややかに両親を見つめ返す。

「なぜ私がそんなことをしなければならないんですか？」

リコリスの言葉に、両親はギョッとしたようだった。

狼狽えながら、父はもごもごと口を動かす。

「なんでって……家族なんだから……」

「そうでしたか？　私はずっと自分のことを、あなた方の家族ではないと思っていました」

「リコリス……？」

「それに、昔はあなた方の家族になりたいと思っていましたが、今はもうそんなことまったく思っていません」

両親は呆気に取られたように目を丸くして、リコリスを見ている。リコリスの言葉の意味がよく理解できていないようだった。

「リコリス、その……」

「家族ではないので、あなた方を助けなければならない理由がありません。あなた方の可愛い娘さんからはいつも嫌がらせを受けていましたし、あなた方は私を助けてはくれませんでしたよね、十八年間も」

リコリスはにっこりと綺麗に笑い、そして言葉を続ける。

「ああ、別に責めてるわけじゃないんですよ。仕方ありません。だって、私は家族じゃないんですから。今までも、これからも」

「り、りこりす……」

父の顔面は蒼白だった。

それとは対照的に、母の顔は見る見るうちに赤くなっていく。

「リコリス！　あなたなにを訳のわからないことを言ってるの!?　あなたはこの家の長女なのよ!?　まさか、自分だけフリーデル侯爵家に嫁いで、私たちを見捨てる気じゃないでしょうね!?」

「そうだと言ったら？」

「っ……許すわけないでしょ！　そんなことになるくらいなら、あなたとロベルトの婚約は解消よ!!」

「私とロベルトの婚約を破棄するということですか？　それは大変ですね。また、婚約破棄の慰謝料を払わねばなりませんもの。……この家に、そんな余裕があるとは思えませんけど」

「リコリス!!」

怒号とともに、母が大きく片手を振り上げた。

怒りに歪んだ母の顔と、表情を引き攣らせた父の顔。

母の手が振り下ろされるのがまるでスローモーションのようにリコリスの目には映った。

そして、パンッという頬を叩かれた音が廊下に響く。リコリスの頬がじんわりと熱を持ったように痛んだ。

「お、お前っ……」

「――いったいなんの騒ぎですか」

父が母を咎《とが》めるよりも早く、若い男の声がその場にいた全員の耳に届いた。

リコリスはその声にほっと安堵した。

しかし、両親の顔からはサッと血の気が引いていく。

「リコリス？」

いつもより少しうれしそうな声だった……気がした。

「……ロベルト」

リコリスはふわりと振り返る。

すると、途端にロベルトの目が大きく見開かれた。その紫の目は、リコリスの赤く腫れかけている左頬に向けられている。ロベルトの目がスッと細められた。

「……これはどういうことですか？」

「ち、違うんだ。妻が少し感情的になってしまって……！」

「なるほど」

ロベルトは大股でリコリスに歩み寄り、痛ましそうに顔を歪めた。そして、叩かれていない方の頬に手を添えながら言う。

「リコリス、大丈夫か？」

「ええ……少し痛いですが、すぐに冷やせば平気だと思います」

「なにか冷やすものを」

ロベルトがすぐ近くでこちらの様子を見ていた侍女たちに声をかけると、彼女たちは慌ててどこかへと走っていった。

それを見届けたロベルトの視線は、再びリコリスの両親へと向けられる。

「子どもに理不尽に手を上げるのは躾ではなくただの暴力ですよ」

「あ、ああ、よくないことだ、本当に……」

父は目に見えて狼狽しているようだった。あの誕生日会の日からずっと顔色が悪い。それに、随分痩せてしまったように見えた。

母は決まり悪そうな顔をして、不服そうに謝罪する。

「……ぶったのは悪かったわ……でも、リコリス、あなたが私たちを家族じゃないなんていうから……」

「なるほど、そういうことですか」

ロベルトは納得したように頷いた。それから、無表情で父へと向き直る。

「リコリスをこのまま連れ帰って、準備が出来次第結婚しようと思います。こんな家にリコリスを置いてはおけないので」

「そんなっ………いや、それはそれで構わないのか……？」

自問自答しながら、父はちらりとロベルトを見る。

「それはつまり……フリーデル侯爵家とウィンター伯爵家は当初の予定通り姻戚関係になるということだろうか……？」

「そうなるかもしれませんね、形だけは」

「か、形だけ……？」

「リコリスを妻にもらったからといって、今後あなた方と親しくするつもりは一切ありません。その気持ちは俺も両親も同じです」

「それは困る‼　なんとかしてくれないか⁉」

「自分の妻になるひとに暴力を振るった人間を助けるほど、俺は優しくありません」

侍女が持ってきてくれた水に濡らした冷たいタオルを頬に当てながら、リコリスはまるで他人事のようにふたりの会話を眺めていた。時折父が縋《すが》るような目で見つめてくることも、母が口惜しそうに睨んでくることも、リコリスにはどうでもよかった。

父はあわあわと唇を震わせて、大きな声で叫ぶ。

「そっ、そんな結婚は認められない！」

「俺とリコリスの婚約を破棄するということですか？　テランド伯爵家になかなかの額の慰謝料を払ったと風の噂で耳にしましたが、うちに払う慰謝料ぶんのお金は残っているんですか？　父に借金もあるのに」

「………」

「そもそもリコリスは成人しているので、自分の意思で好きに結婚できるんですよ。あなた方の許可は必要ありません」

「しかし、そんな……っ」

「父は、『持参金はいらない。借金も帳消しにしてやる。代わりに金輪際フリーデル侯爵家及びリコリスに関わるな』と……今のウィンター伯爵家の状況を考えれば、それほど悪い条件ではないと思いますが」

父は呆然として、言葉が出てこないようだった。小さく震えながら、だらりと項垂《うなだ》れる。

「どうしてこんなことに……」

「それは、あなたのお嬢さんに尋ねてみては？」

ロベルトの視線はリコリスに向けられてはいなかった。代わりに、廊下の向こうをじっと見つめている。

リコリスがその視線の先を追うと、曲がり角から金色のなにかがこちらを覗いているのがわかった。

それがなにかなんて、考えなくてもわかる。

ずっと部屋に閉じこもっていた、諸悪の根源――リコリスの双子の妹、マーガレットだ。

マーガレットは悔しそうに、憎らしそうにこちらを――リコリスを睨んでいた。その歪んだ顔は苛立ちと焦燥に満ちている。

「なぜなんでも自分の願いが叶うなんて馬鹿なことを思っていたのか……ぜひお嬢さんに聞いてみてください。あなたたちがあんな風に彼女を育てたんですから」

ロベルトはそう言ってから、リコリスを優しい目で見下ろす。

「行こう」

「え？」

「もう君をこんな家には置いておけない。今日からフリーデル侯爵家で暮らして、時機を見てそのまま結婚しよう」

リコリスは目を丸くしてロベルトを見上げた。

そして、照れたように笑って小さく頷く。

「あなたがそう言ってくれるなら」

「……よかった」

ロベルトはホッとしたような顔をして、リコリスの手を取った。その白いほっそりとした手は少し汗ばんでいて、ロベルトもずっと緊張していたのだとそのときわかった。

両親と双子の妹の視線を無視して、リコリスはロベルトとともに歩きだす。

「リコリス！　家族なのに‼」

両親の前を数歩通り過ぎたところで、母が責めるように金切り声で叫んだ。

（……家族？）

リコリスはぴたりと足を止めた。

ゆっくりと振り返り、縋るような表情の父を見て、それから怒りに満ちた母の目を見る。

「ウィンター伯爵夫人、私はあなたたちの家族ではありません。ずっと家族になりたかったけど、あなたがそれを許してはくれなかった」

「なにを……」

「あなたに愛されたかった。十八年間ずっと」

マーガレットと同じ母の青い目が大きく見開かれる。

もし、リコリスの目が青かったら。もし、リコリスの髪が金色だったら。

愛してくれたのだろうか、マーガレットみたいに。

それとも、長女に生まれた時点で、母の嫌う母の妹と同じ瞳の色を生まれ持った時点で、リコリスの運命は決まっていたのか。

今までリコリスが母に言われてきたことは、されてきたことは、母が祖父母に言われてきたことで、されてきたことなのかもしれない。

しかし、そんなことはリコリスには関係ない。母の心の傷が母だけのものであるように、リコリスの心の傷もリコリスだけのもの。そして、リコリスの心に傷をつけたのは、紛れもなく目の前にいる自分を産んでくれた母だった。

言葉を失った様子の両親を交互に見て、リコリスは力なく微笑む。

「……でも、もういいのです。私は自分で自分の家族を見つけるので」

ロベルトの手を握る手に力が入った。それに応えるように、ロベルトもリコリスの手を握り返してくれる。

「さよなら——お父様、お母様」

リコリスは両親に背を向けて、ロベルトとともに再び歩き出した。

それからすぐ後に、背後から咽び泣くような女の声が聞こえてきたが、リコリスは決して振り返らなかった。

そして、曲がり角で再び足を止める。

「マーガレット」

淡々とした声で名前を呼ぶ。

歪んだ顔、落ちくぼんだ目、傷んだ金髪。

そこにいたマーガレットは、リコリスが今まで見たこともないくらいに憔悴しているようだった。あの天使のように愛らしい顔が、今となっては見る影もない。

そんなマーガレットに向かって、リコリスは穏やかに微笑んでみせる。

「私、あなたのことが嫌いだったわ。私のものを奪って壊すあなたが大嫌いだった」

「…………」

「でも、もういいの。あなたに全部あげるわ。この家も、お父様もお母様も。よかったわね。これからも大好きなお父様とお母様と一緒に暮らせて」

「リコリス……ッ」

マーガレットの噛み締めた奥歯からギリッと音が鳴った。

血走った青い目が、リコリスを睨んでいる。

(どうしてこうなったのか、この子には一生わからないんでしょうね)

自分を世界の中心だと思っている少女には、きっとわからない。

このまま一生リコリスを恨みながら生きていくのだろう。泣き暮らす両親とともに。

「さよなら、マーガレット」

それだけ言って、リコリスはその場から去っていく。背中に突き刺さる視線など、今はもう痛くも痒くもなかった。

フリーデル侯爵家の馬車に乗り込み、ロベルトと向かい合って座る。

なにか言わなければと思うのに、うまく言葉が出てこなかった。

「リコリス」

「……はい」

「泣きたいなら泣いた方がいい。あんな家族でも、捨てるのはつらいだろう。君は優しいから」

ロベルトに言われた瞬間、リコリスは一度目を見開いた。

そして、くしゃりと顔を歪《ゆが》めて俯く。ぽたり、とドレスに涙がこぼれ落ちた。

「っ……わ、わたし、優しくなんてないわ……」

もし本当にリコリスが優しかったら、自分をこの世に産み落とした両親に、ともに生まれてきた双子の妹に、あんなことは言わなかっただろう。

リコリスは家族を捨てたのだ。過去の弱い自分と一緒に。他でもない自分自身のために。

向かいの席から立ち上がったロベルトがリコリスの隣に腰掛け、震えるリコリスの背中を撫でる。

「優しいよ。だから好きになったんだ」

あの日と同じように差し出されたハンカチを目に当て、リコリスはいっそう背中を丸めた。背中を撫でるロベルトの手の方がよほど優しくて、リコリスの嗚咽が大きくなる。

フリーデル侯爵家の屋敷に着くまで、ずっとふたりは馬車の中で寄り添っていた。


「まあ、リコリス。よく来たわね」

フリーデル侯爵家に着くと、ロベルトの母が笑顔でリコリスたちを出迎えてくれた。

「あの、フリーデル夫人……私……」

「こんなところで立ち話もなんですし、ほら、客室に行きましょ。……あら、リコリス、その頬はどうしたの？」

「これは……」

「リコリスの母がぶってきたそうです」

言い淀むリコリスの代わりにロベルトが答えると、ロベルトの母は「まあ！」と目を丸くした。

「彼女がマーガレットをひいきしていると聞いたけれど、まさかリコリスに手まで上げるなんて……！」

「これ以上あの家にリコリスを置いておくのは危険だと思い、連れて帰った次第です」

「そう。正しい判断ね」

頷いて、ロベルトの母はリコリスに優しく話しかける。

「リコリス、もう大丈夫よ。これからはここがあなたの家だから。さぁ、あっちの部屋に行きましょう。温かいミルクティーを用意するわ」

「ありがとうございます……」

リコリスは軽く頭を下げた。

そして、ロベルトとロベルトの母とともに、客室へと向かう。

「早めにリコリスと結婚しようと思います」

ロベルトはなんでもないことのように言った。

すると、ロベルトの母も当然のように頷く。

「そうね、それがいいわ。ロベルト、リコリスのことを誰よりも大切にするのよ。あなたみたいな変わり者と結婚してくれるひとなんて、なかなかいないんだから」

（そんなことはないと思うけど……）

実際、マーガレットはロベルトと結婚したがっていたし、社交界の令嬢たちもロベルトに憧れていた。

濡れたように黒い髪に、紫の瞳。幼いマーガレットが不気味だと評した顔立ちは、気付けば伶俐で端麗なものになっていた。それに、まるで女の子のように華奢だった体も、すらりとした男らしい肉体へと年々成長を遂げている。

リコリスが横目でちらちらとロベルトを見ていると、ふいにその紫の目がリコリスへと向けられた。

「どうした？」

「い、いえ、なにも……」

リコリスはあわてて目を逸らす。今更かっこいいと思っていたなんて、恥ずかしくて言いたくなかった。

僅かに頬を赤らめたリコリスを、ロベルトは不思議そうに見つめている。

そんなふたりを見て、ロベルトの母はくすくすと笑った。

「仲がいいことで」

「ふ、フリーデル夫人っ」

「あら、もうこんな時間なのね。少し用事があるから、私はもう行くわ。あとは若いおふたりでごゆっくり」

ロベルトの母はたおやかに微笑んで、優雅に客室を出ていった。

室内には、リコリスとロベルトだけが残される。

（な、なにを話せば……）

なんとも言えない沈黙が落ち、リコリスは気まずさを誤魔化すようにミルクティーに口を付ける。温かなミルクティーにリコリスの心がホッとするが、それでも状況は変わらない。

リコリスは隣のロベルトと目を合わせないまま、おそるおそる唇を開く。

「あの、その……」

「君が俺に会ってくれてよかった」

リコリスが意味のある言葉を発するよりも早く、ロベルトが淡々とした声でそう言った。

パッと弾かれたようにリコリスはロベルトを見上げる。ロベルトは僅かに頬を緩めてリコリスを見つめていた。

ふたりきりでいるときに見せるこの微かな笑みが、リコリスは好きだった。

マーガレットの方がよかったと思っているのではないかという不安が少し薄れたから。この青年は自分を愛してくれているのではないかと希望を持てたから。

「……ずっと避けていてごめんなさい。色んなことがあって、自分がどうしたいのか、どうすればいいのかわからなくなってしまって……」

「いや、いいんだ。元はといえば、俺とヒューゴが君を困らせてしまった」

そこで、ロベルトが目を逸らした。少し神妙な顔で俯いている。

「ロベルト？」

「君は、ヒューゴを選ぶと思っていた。幼い頃の君たちは、思い合っていたようだったから」

「…………」

「……君が俺と結婚すると言ってくれてうれしい」

もう一度、ロベルトがリコリスを見て、本当にうれしそうに微笑んだ。

リコリスは迷いながら、意を決して口を開く。

「――実は、さっきまでヒューゴと話してたの」

すると、途端にロベルトは少しショックを受けたような顔をした。

初めて見るロベルトの顔に驚いて、リコリスは即座に「違うの！」と声を上げる。

「会ったというよりは、私がマリーナの家にいるときに彼が来て……それで少し話をしたの」

「……なんの話を？」

「そ、それは……」

リコリスは目を泳がせた。

頬にカッと熱がともった気がするのも、たぶん気のせいではないのだろう。

「ヒューゴとは昔のことを少し話して、それから、それから……」

「それから？」

「………私があなたのことを好きだという話を」

厳密には少し違うが、ヒューゴにはちゃんとそう伝わっていたので嘘でもない。

ロベルトの紫の瞳が見たこともないほど丸くなって、狼狽えるリコリスを映している。

恥ずかしくてたまらないリコリスは、それを誤魔化すよう矢継ぎ早に言葉を続けた。

「あなたも知ってると思うけど、昔は確かにヒューゴのことが好きだったわ。本当に大切なひとだった。でも、今はあなたのことが好き。物知りで、優しいあなたが好きなの。だから、あなたがマーガレットを好きじゃないとわかって、結婚しようと言ってくれて、本当に——きゃ！」

リコリスは短い悲鳴をあげ、硬直した。

喋っている途中で、突然ロベルトに抱きしめられたのだ。

自分のものなのか、ロベルトのものなのかわからない心臓の音が聞こえる。

ロベルトの腕の中でリコリスは目を白黒させた。

「ろ、ろべると……？」

「リコリス、愛してる」

耳元で囁かれた言葉に、リコリスは一瞬頭の中が真っ白になった。なにを言われたのか、理解が追いつかなかったのだ。

しかし、数秒、数十秒たつにつれ、じわじわと熱が全身に広がっていく。頬など火傷しそうなほど熱かった。

「……ロ、ロベルト……突然どうしたの……？」

「リコリス、君のことが子どもの頃からずっと好きだった。いつか君と結婚したいと思ってた」

（子どもの頃から……？）

リコリスはロベルトの言葉に驚いた。具体的にいつからなのかはわからないが、やはりあの絵本をプレゼントしてくれたのはそういう意味も含まれていたのだろうか。

しかし、今は状況が状況なので、そんなことを考える余裕もない。

「……ロ、ロベルト、そろそろ放してもらえるかしら……？」

「もう少し、こうしていたい」

「わ、かりました……」

鈍い返事をして、リコリスはロベルトの腕の中でじっとしていた。とくとくと早鐘を打つ、ロベルトの心臓の音がやけに大きく聞こえる。

その後もリコリスがもういいかと声をかけるたびに「もう少し」と、ロベルトが繰り返すものだから、結局リコリスはだいぶ長いことロベルトの腕の中にいた。

その温かな腕の中、リコリスは微睡むようにゆっくりと瞼を落とす。

(ロベルトを好きになって、ロベルトが私のことを好きになってくれて、本当によかった)

泣いてしまいそうなくらい、リコリスは幸せだった。

これからロベルトと家族になれることが本当にうれしかった。

◇◆◇◆◇

リコリスがフリーデル侯爵家で暮らすようになってから一ヶ月後、リコリスとロベルトは結婚式を挙げた。

その際、招待していないはずのリコリスの両親とマーガレットが教会に乗り込んできたが、すぐに衛兵に捕まって外に摘《つま》み出されていた。

そして、そんな結婚式からもう一年が経つが、あれ以来ウィンター伯爵家の面々とは顔を合わせていない。どこでなにをしているのかも、リコリスには興味がなかった。

——リコリスにはもう新しい家族がいるから。


「来週はとうとうコリー夫人とのお茶会ね……あのひとマナーにうるさいから苦手だわ……」

「そんなこと言っちゃダメよ。悪いひとじゃないんだから」

マリーナの言葉に苦笑しながら、リコリスはさくさくのクッキーをかじる。

リコリスが結婚してからも、マリーナとの友情は続いている。というより、死ぬまで彼女とだけは友人な気がしていた。

「わかってるわよ。悪いひとじゃないから、私たちみたいな小娘にも声をかけてくれるんだものね」

言いながら、マリーナは紅茶を飲む。

そして一息ついた後、ちらりと意味ありげにリコリスを見た。

「なに？」

「……あの話、聞いた？」

「あの話？」

「あなたの昔の家族の話」

リコリスは、はて？　と首を傾げる。

「なにかあったの？」

「領地と爵位を手放すそうよ」

「まあ」

「借金まみれでとうとう首が回らなくなったみたいね。遠い親戚が代わりに領地を引き継ぐそうよ」

「そう。大変ね」

淡々と言って、リコリスは優雅に紅茶を飲む。

その様子を見て、マリーナはおかしそうにくすくすと笑った。

「まるで他人事ね」

「ええ。他人ですもの」

顔を見合わせて、リコリスとマリーナは幼い少女のように笑い合った。あのつらかった十八年間が嘘のように、リコリスは幸せだった。

いや、あの十八年間があったからこそ、今がこんなにも幸せに思えるのかもしれない。

「――リコリス」

リコリスがマリーナと笑い合っていると、ふいに耳慣れた声が聞こえてきた。

その愛しいひとの声にリコリスは立ち上がり、笑顔で振り返る。

「ロベルト、おかえりなさい。今日は早いのね」

「ああ、ただいま。たまたま仕事が少し早く終わったんだ」

歩み寄ってきたロベルトがリコリスを抱き寄せて頬にキスをする。いつもは唇にされるが、さすがに妻の友人の前では控えたらしい。

「マリーナ、来ていたんだな。ゆっくりしていってくれ」

「お気遣いありがとう、ロベルト。でも、ちょうどそろそろお暇しようと思ってたところなの」

気を利かせたのか、マリーナはそう言って本当に自身の家へと帰っていった。

マリーナを見送った後、リコリスとロベルトは自室でゆっくりと過ごす。

「ロベルト、これを見て」

「これは……」

リコリスが手渡したものを見て、ロベルトは意外そうな顔をした。紫の瞳が真意を窺うようにちらりとリコリスを見る。

「昔、俺が君にあげた絵本だ」

「……正確には、あなたがくれた絵本と同じ絵本ってだけよ。あなたがくれた絵本は……マーガレットに捨てられてしまったから……。宝物にするって言ったのに、大切にできなくてごめんなさい」

「いや、別に君が謝ることじゃないだろう。それに、そうだろうとは思ってた。あれから君とは婚約するまで話せなくなってたし……俺も余計なことをしてすまなかった」

「余計なことなんて、そんな……！」

首を振るリコリスを見て、ロベルトは優しく笑う。

「リコリス、昔の話はとりあえず置いておこう。それで、この絵本は？」

「ええ、今日マリーナと買い物に行った先でたまたま見つけて、私とてもうれしくて……！　気付いたら、値段も見ずに買ってしまっていたの！」

最近貴族の夫人たちに人気だという雑貨屋でこの絵本を見つけたとき、リコリスは言葉を失った。夢ではないかと思ってその本を手に取り、表紙の黒髪で緑色の瞳の妖精を見たとき、リコリスは少し泣きそうだった。

捨てられてしまったあの絵本はもう戻ってこない。

でも、今もリコリスとロベルトの胸にはあの日々の思い出が輝いている。それこそ、絵本の中の星いっぱいの夜空みたいに、リコリスは幼い日のロベルトの不器用な優しさを今も変わらず愛していた。

リコリスは懐かしい目をしながら、ロベルトが手に持つ絵本の表紙を指で優しく撫でる。

「いつか私たちの子どもが生まれたら、この絵本を読んであげましょう」

「それはいいな」

頷くと、ロベルトは口元を緩めて微笑む。

結婚してから、ロベルトは昔よりも表情豊かになった。ロベルトの両親は、リコリスのおかげだと言ってくれる。

リコリスは夫の美しい顔を見上げ、眩しいものを見るように目を細める。

「ロベルト」

「ん?」

「……私を妻にしてくれてありがとう」

「こっちの台詞だ。俺の妻になってくれてありがとう」

囁いたロベルトがリコリスを抱き寄せ、優しく口付ける。

リコリスもロベルトに身を寄せ、うっとりと瞼を落とした。

もうなにも奪われないし、二度と奪わせない。
この幸せが永遠に続きますように――と、リコリスは愛しいロベルトの腕の中で静かに祈った。

【完】

ロベルトの初恋

父から「ウィンター伯爵家の双子の妹の方のマーガレットという娘が、お前の婚約者候補だ。仲良くするように」と言われて、ロベルトはこれといって迷うことなく「はい」と短く答えた。

ウィンター伯爵家のマーガレットがどんな少女かは知らなかったが、ロベルトは特に知りたいとも思わなかったし、興味もなかった。政略結婚の相手なんて誰だって同じだろうと思っていたのだ。

――この父の言葉に頷いたことを後悔する日が早々にやって来ることを、このときのロベルトはまだ知らなかった。


「あなたって本当につまらないひとね」

ロベルトは政略結婚の相手なんて誰だっていいとは思っていた。

……しかし、それにも限度がある。

本から顔を上げたロベルトは、無言で目の前の少女を見つめた。先ほどロベルトを『つまらない』と馬鹿にした、自分の婚約者になるはずの金髪碧眼の美少女――ウィンター伯爵家の次女、マーガレット・ウィンター。

正直ロベルトは『こいつ正気か?』とマーガレットに引いていた。

自分は侯爵家の跡取り息子で、あちらは伯爵家の次女。爵位としてもロベルトの家の方が格上の上位貴族であるし、なによりフリーデル侯爵家はウィンター伯爵家をなにかと支援している立場だ。

どうやら曾祖父同士が親友だったとのことで、その時代からの交流が今も続いているらしい。ウィンター伯爵家と親しくしてもこちらに特に旨みはないのだが、結局は父もお人好しなところがあったので、今もなにかと面倒を見ている。いくらか金の工面もしてやっている、とも父は言っていた気がする。

あからさまに支援を受けている立場にもかかわらず、なぜこんなにも偉そうなのか――ロベルトがじっとマーガレットを見ていると、彼女は顔をしかめて、「こっち見ないで！」と不快そうに叫んだ。

「あなたの顔って女の子の人形みたい！　無言でじっと見られたら気持ち悪いわ！」

「…………」

女顔であることも、表情がないのに無駄に顔立ちが整っているせいで人形のように見えることも、華奢《きゃしゃ》な体も、ロベルトにとっては生まれつきだ。コンプレックスというほどのものではないが、同い年の子どもがぐんぐんと成長していく中、自分の成長が遅いことにはロベルトも多少は歯痒《はがゆ》い思いをしていた。

(自分が気にしていることをわざわざ口にして貶《けな》されるというのは、こんなにも不愉快なんだな)

自分も気を付けなければ、と思いながらロベルトは再び本のページに目を落とす。こっちを見るなと言われたので、ロベルトもこれ以上マーガレットと話す気はなかった。

すると、向かいから「はあっ……」とわざとらしいほど大きなため息が聞こえてきた。

「あなたって、ひとと会話する気ないの？」

(まあ、少なくとも君と会話する気はないな)

「本を読んでいれば賢く思われるって考えてるのかもしれないけど、私はそんなこと思わないから。あなたの本の話もつまらないし、感じが悪いわ。知識をひけらかしてるみたい」

(……君の方が俺よりもよっぽどつまらなくて感じの悪い女だと思うが)

そう思ったが、言わなかった。母に「思ったことをすぐに口に出してはいけない」と、いつも口を酸っぱくして注意されているからだ。

それに、「つまらない男」だと評されることは今までもあった。本の話や自分が面白いと思っている話をしても、周りの反応は芳しくない。むしろ無愛想さも相まって、ロベルトの話はどこか鼻に付くらしかった。

もちろん、ロベルトに相手を小馬鹿にしようとかそんな気持ちはない。

だが、無愛想な表情のせいか、抑揚《よくよう》のない声のせいか、どうにもそういった誤解をされることは多かった。

『あなたはお父様と同じで少し変わってるから、周りの子に誤解されないか心配だわ』

幼い頃は母もそう言って心配していたが、最近はもうどうでもいいようだった。当の本人が周りに遠巻きにされても平然としているものだから、母も心配するのが馬鹿らしくなったのかもしれない。

ロベルトは、友人がほぼいなくても、周りから不気味だと思われていても、別に平気だった。なんだかんだ両親には愛されているし、貴族学院では多少浮いてはいるが、いじめられているわけでもない。もともと他人に対する関心の薄いロベルトにとって、孤独やら多少の悪口やらはどうでもいいことだった。

しかし、先ほどのマーガレットの暴言はここ数年で一番不快だ。いや、そもそもここまではっきりと貶されたのは生まれて初めてかもしれない。

面倒だな……と思いながら、ロベルトは本に視線を落としたままマーガレットに問いかけた。

「じゃあ、君は俺にどうしてほしいんだ？」

「どうしてほしいか、ですって？　それはあなたが考えるべきことでしょ？」

マーガレットはロベルトの問いをフンと鼻で笑う。

「私のお父様があなたのお父様のお仕事を手伝ってあげてるから、今回の婚約話が持ち上がったわけでしょ？　いくらあなたの家の爵位が上でも、私のお父様のおかげで仕事ができてるんだから、少しくらい私を楽しませようって気持ちはないわけ？」

「はあ……」

（呆れてものも言えないとはこのことか……）

マーガレットはとんでもない思い違いをしている。フリーデル侯爵家がウィンター伯爵家に仕事を手伝ってもらっている事実はない。

無論、一応同じ仕事に携わることもあるが、それは実際には『ロベルトの父がマーガレットの父に仕事を手伝わせてやっている』が正しい。ウィンター伯爵家がやっている事業を後押ししてやっているのは他でもないフリーデル侯爵家だ。

（ウィンター伯爵が自分を大きく見せるために娘に嘘を吐いたのか、はたまたこの娘が勝手に勘違いしているのか……）

どっちもありえそうだな、というのがロベルトの素直な感想だった。

ウィンター伯爵は仕事ができないわりに家族から尊敬されているように見えたし、目の前のマーガレットはなかなか頭が悪そうだ。

（……まあ、どっちでもいいか）

ひとり納得して、ロベルトは再び本を読み進めはじめる。

「……ちょっと、私の話聞いてるの？」

「ああ、聞いている。聞いているが、俺に君を楽しませる気はない」

「なっ……！」

視界の端に、怒りでぶるぶると震えているマーガレットが見えた。

やがて彼女は立ち上がり、心底軽蔑したような目でロベルトを見下ろしてくる。

「もういいわ。あんたみたいな男、こっちから願い下げよ」

「ご自由に」

大きな舌打ちの後、マーガレットは早足で部屋を出ていき、バタンッと大きな音を立てて扉が閉じられた。

顔を上げたロベルトは、ようやくフーと息を吐く。

（父上もとんでもない女を婚約者候補に選んだものだな……）

お互いの両親が揃った顔合わせの際は、にこにこと笑っている愛想のいい少女だと思っていたので気付かなかった。どうやら親の前では猫を被っているらしい。

部屋にひとり残されたロベルトは、そのまま帰宅時間まで本を読んで過ごした。客人を放置しているあちらの態度は無礼だが、マーガレットとふたりきりで過ごすのはそれ以上に不快なのである意味ちょうどよかった。

「マーガレット嬢とはどうだった？」

「まあ、個性的な方でしたね、すごく……」

夕食の最中、父に尋ねられたロベルトはそう言葉を濁した。

『すごく嫌な女でした』と言って、今日言われたことを両親に一から説明してやろうかとも思ったが、ひとり息子がそんな酷い扱いをされたことを知ったら、きっと両親は怒り狂うだろう。

もしそうなったら、父はウィンター伯爵家を切り捨て、自動的にウィンター伯爵家は没落への道を辿る。自業自得といえばそうだが、まだ十二歳のロベルトには自分の一言でひとつの家族の人生を終わらせてしまうことが重く感じられた。

もちろん、あのマーガレットが自分の婚約者になるのなんて絶対に嫌だが。

「……別の婚約者候補はいないんですか？」

「まだ会ったばかりなのにそんなことを言って……あなたの好みに合わせて婚約者を探していたらキリがないわ」

「そうだぞ。本当に無理だと思ったらいつだって断れるんだから、もう少し、あと一年くらいは交流してみなさい」

二方向から責められ、ロベルトは「はぁ」とため息交じりの相槌《あいづち》を打って食事を続けた。

まるでロベルトの方に問題があると決めつけているような両親の態度は不満だが、これも日頃の行いのせいなのかもしれない。

なにはともあれ、父曰く『本当に無理だったらいつだって断れる』のだから、そう焦って他の婚約者候補を探す必要もないだろう。ロベルトはまだ十二で、時間はたっぷりある。

（折を見て、無理だと断ろう）

ロベルトはそんなことを決意しながら、目の前のヒレ肉のソテーにいつもより行儀悪くフォークを突き刺した。


ロベルトが十二歳の頃からはじまったロベルトとマーガレットの交流は、それはもう交流とは呼べないおざなりなものだった。

二ヶ月か三ヶ月に一度、ロベルトが両親に言われて渋々ウィンター伯爵家を訪れても、マーガレットはほとんど姿を見せない。マーガレットの両親のどちらかが家にいるときはやむを得ずマーガレットもロベルトをもてなすが、その目の奥は笑っていない。冷ややかなその青い瞳は『早く帰れ』とロベルトをいつも拒絶していた。

（本当にすごい女だな。もちろん悪い意味で）

呆れたが、いちいちマーガレットと顔を合わせるのが面倒だったロベルトにとって、彼女がロベルトの元へやってこないことはありがたくもあった。

滞在時間は約一時間。客室で適当に本を読んで過ごせばすぐに終わる。少なくともあのマーガレットに会って不快な思いをするよりは有意義な時間の使い方だ。

最初の頃はウィンター伯爵家の使用人たちも動揺していたようだが、ロベルトがなにも文句を言わないとわかるとそっとしておいてくれた。それもどうかとは思うが、ロベルトにとっては下手に大事にされるよりも遥かに楽だったのは確かだ。

驚くことに、そのマーガレットとの交流とも呼べないやりとりは一年以上続いた。……といっても、ロベルトとマーガレットが顔を合わせたのなんて、片手の指で足りる回数だけだが。

（もう一年もたったし、これだけ我慢して無理だったら父上と母上も納得してくれるだろう。そろそろ新しい別の婚約者候補を探してもらおう）

――ちょうどそんなことをロベルトが考えはじめていた頃、ロベルトは運命の出会いを果たす。

「ご、ご機嫌よう……」

腰まで届く長い黒髪に、綺麗な緑色の瞳。その顔立ちはあのマーガレットに少し似ているような気もしたが、似ていないような気もした。

たぶん、目の形が違うのだ。マーガレットが猫のように大きな吊り目なのに対し、目の前の少女の目尻は下がっており、同じ大きな瞳でもどこか柔らかな印象を受けた。

「……初めまして」

ロベルトがそう言うと、元から強張っていた少女の笑みがさらに引きつったような気がした。

そこで、ロベルトはふとあることを思い出す。

ウィンター伯爵家の娘はふたりいて、それは確か双子の姉妹だった。初めてウィンター伯爵家に挨拶《あいさつ》に来たとき、一応姉妹の両方と挨拶を交わしたような記憶もある。

（確か妹の方がマーガレットで、姉の方は……なんだっただろう？　花の名前の、リ、リ……）

「は、初めまして。あの、私、マーガレットの双子の姉のリコリスと申します……今日は少し、マーガレットの体調が悪いみたいで……後からこちらに来るかもしれないけれど、もしかしたら来ないかもしれないというか……」

ロベルトが思い出す前に、少女——リコリス・ウィンターはおどおどとそう語った。

やけに挙動不審なのは、嘘を吐くことに罪悪感があるからか、それとも妹の態度への申し訳なさからか。

「……ふうん」

ロベルトは気のない返事をして、再び本に目を落とした。

多少礼儀がなっていないかもしれないが、マーガレットにはそれ以上のことをされている。彼女の双子の姉がどんな少女なのかロベルトは知らないが、必要以上に関わりたくはなかった。

「……あの、向かいに座ってもよろしいですか？」

しかし、すぐに部屋から出て行くかと思ったリコリスは、またおずおずとロベルトに問いかけてきた。

その問いに少し呆れつつ、「ここは君の家だろ。好きにすればいい」とロベルトは淡々と言い放つ。

リコリスは重い足取りでこちらに近づいてきて、ロベルトの向かいのソファに腰掛けた。その顔は緊張からか強張っていて、紅茶を飲む動作さえどこかぎこちない。

（気まずいなら、マーガレットみたいに逃げればいいのに）

そんな意地の悪いことを思ったが、客人を放置するマーガレットよりはよほどまともな令嬢なのかもしれない。当たり前といえば当たり前だが。

（……それにしても、なんでさっきからこっちを見てるんだ？）

緑色の瞳が、どこかぼんやりとロベルトを映している。映し続けている。最初はちらりと視線を向けられただけだったが、今ではその視線が離れない。

最初はそれを無視して本を読んでいたロベルトも、やがて痺れを切らしたように顔を上げた。

軽く睨むと、リコリスの細い肩がびくりと跳ねた。

「なにか？」

「……あっ、いえ、じろじろ見てしまってごめんなさい。あなたの顔が綺麗だったから、つい見《み》惚《と》れてしまって……」

（見惚れた……？）

リコリスの言葉にロベルトは驚いた。

不気味だとか、人形みたいだとか言われることはよくあるが、歳の近い子どもに面と向かって綺麗だなんて言われたことはない。

「ご、ごめんなさいっ……綺麗なんて言われても殿方はうれしくないですよね……」

リコリスは顔を赤くしたり青くしたりして俯く。

どうやらロベルトが気分を害したのではないかと不安になったらしい。

「あ、あのっ……」と声を上げたリコリスが膝の上でぎゅっと手を握るのを見て、ロベルトはリコリスの言葉を遮るように言った。

「綺麗だなんて言われたの、初めてだ」

実際には大人たちからお世辞のような言葉をもらったこともあるが、歳の近い子どもからそう言ってもらえたのは『初めて』なので、嘘でもないだろう。

ロベルトの言葉に驚いたのか、リコリスは目を丸くしてぽかんとしている。

「え……？」

「初めて言われたが、別に不快じゃない。人形みたいだとか、暗くて気持ち悪いって言われる方がずっと不快だ」

「え、あ、そ、そうなんですね……」

リコリスはロベルトの言葉に驚いているようだった。

どうやら彼女は、妹のマーガレットがロベルトを馬鹿にしているのを知らないらしい。いや、馬鹿にしているのは知っているが、それをロベルトに直接伝えているとは夢にも思っていないのだろう。

ロベルトが平然としていることに、リコリスはホッとしているようだった。

心配しなくても綺麗だと言われたくらいで怒りだす男なんてそうそういないとは思うが、それはそれとして、リコリスはロベルトが不快な思いをさせてはいけない相手だとわかっているらしい。もしくは、もともと他人に気を遣う性格なのだろうか。

どちらにせよ、リコリスはマーガレットとは少し違う気がした。

ロベルトは多少リコリスへの警戒心を解く。彼女の緊張も少しはほぐれたようだ。

「……あの、なんの本を読んでるんですか？」

「これは経済学の本だ」

「け、経済学……？」

リコリスの目がぱちぱちと瞬いた。

ロベルトは将来王宮の文官になりたいと思っているのでその手の勉強もしているが、年下で女性のリコリスには馴染《なじ》みのない言葉だったかもしれない。

困ったように目を泳がせているリコリスを見て、ロベルトは少し迷ってから短く尋ねる。

「君は？」

「え？」

「本の話だろう？　君はどんな本を読むんだ？」

俯きがちだった視線をパッと上げたリコリスは、少し戸惑っているようだった。どうやらロベルトが話を振ってきたことが意外だったらしい。

「えっと……色々読みますよ。経済学の本は読んだことないですけど……魔法や妖精が出てくる物語が好きですね。恋愛小説もよく読みます。あとは、絵本とか……」

「絵本？」

聞き返すと、リコリスは途端に頬を赤くした。よくわからないが、なぜか恥ずかしがっているらしい。

「え、絵本っていっても完全に子ども向けというわけではなくてですね、大人が見ても楽しめるような内容のものや、絵が綺麗なものがいっぱいあって、それが好きなんです」

「ふうん」

早口で告げられた言葉に、ロベルトは微かに頷いた。

大人向けの絵本がある、という話はロベルトもどこかで耳にしたことがある気もする。これだけ熱心に語るということは、よっぽどリコリスは絵本が好きなのだろう。

ロベルトが感心していると、リコリスは居心地悪そうにもぞもぞとしながらロベルトに尋ねてきた。

「……ロベルト様は、あまり絵本のようなものは読みませんか？」

「ロベルトでいい。歳もそう変わらないし、君の妹だって俺のこともヒューゴのことも呼び捨てにしているだろ。俺も君のことをリコリスと呼んでも？」

その気やすい申し出に、リコリスは目を丸くした。そして、おずおずと頷く。

「え、ええ。構いません」

リコリスはロベルトの申し出に驚いていたようだが、自身の口から自然と出た言葉にロベルト自身も内心は驚いていた。

なぜ、お互い呼び捨てにしあおうとリコリスに持ちかけたのかわからない。確かにマーガレットはロベルトを呼び捨てにしてくるが、かといってそれはロベルトとリコリスが呼び捨てにしあう理由にはならない。

いつもと違う自分に少し困惑しつつ、ロベルトは先ほどのリコリスの問いに淡々と答えた。

「絵本は読まないな。小さい頃は母上に読んでもらったような気もするが」

「で、ですよね……」

照れくさそうにリコリスは笑う。その笑みはなぜだか少し気落ちしているようにも見えた。

――だからだろうか、ロベルトはリコリスにこんな言葉をかけてしまった。

「今度見せてくれ」

「……え？」

「大人が見ても楽しめる絵本があるんだろう？　今日はもう帰るから、次に来たときにでも見せてくれ。どうせ君の妹は来ない」

時刻は午後三時。ようやく帰宅できる時間だ。

閉じた本を手に持ち立ち上がり、ロベルトは無言でリコリスを見下ろす。

リコリスは呆気に取られたように口を半開きにしていた。その後、ロベルトが返事を待っていることに気付いたのか慌てて立ち上がりながら言う。

「え、ええ……次来たときにはぜひ」

「ああ。それじゃあ」

ロベルトはフリーデル侯爵家の馬車に乗り込み、帰路につく。ふいに小窓から外を見ると、玄関の近くでリコリスが確認できた。

(……本当にあのマーガレットと双子の姉妹なのか？)

そう疑問に思ってしまうほど、あのふたりは全然似ていなかった。背格好は同じで顔立ちも多少似てはいるが、全体的な雰囲気はまったく別物だ。実は赤の他人だと言われてもロベルトはきっと驚かないだろう。

いや、そんなことはどうでもいい。問題は……

(おかしな約束をしてしまった)

絵本になんてさほど興味はない。

そもそも本来は、今日の夜にでも父に新しい婚約者候補を探してほしいと頼むつもりで、ウィンター伯爵家を訪れるのも今日が最後のはずだった。

清々していたはずなのに、自らまたあの屋敷を訪れる理由を作ってしまった。

(……めずらしく容姿を褒《ほ》められたくらいで、馬鹿馬鹿しい)

そう自分に呆れる気持ちはあるのに、それでもあの少女のことが、リコリスのことが気になってしまう。目を奪われたようにロベルトを見つめた緑の瞳が、なぜだか頭から離れない。

困惑しながらも、ロベルトはその夜、父に新しい婚約者候補を探してくれとは言わなかった。

自分でもよくわからないが、あのリコリスという少女にもう一度会いたかったのだ。


二ヶ月後、再びウィンター伯爵家を訪れたとき、出迎えてくれたのはリコリスだった。

彼女は以前と同じように「マーガレットは体調が悪いみたいで……」と言葉を濁《にご》しながら謝り、約束通り何冊かの絵本をロベルトに見せてくれた。

絵本の内容自体を特に面白いと思うことはなかったが、リコリスが絵本を好きだということには妙に納得できた。

それはリコリスが子どもっぽい見た目だからとかそういうことではなく、絵本の中の絵に目をキラキラとさせる彼女の姿がすごく自然だったからだ。いつもなぜかおどおどと俯《うつむ》いていることの多いリコリスが、絵本を読んでいるときはのびのびとしているようにも見えた。

その後も、二ヶ月に一度のペースでロベルトはウィンター伯爵家を訪れ、そのたびリコリスにもてなされた。早いうちに新しい婚約者候補を探してくれと父に頼まなければと思うのに、いつの間にかずるずると予定が延びていく。

そうこうしているうちに、ロベルトはリコリスに心を開くようになり、またリコリスもロベルトの前では無邪気な表情を見せるようになっていた。

気付けば、リコリスと過ごす時間はロベルトにとって心地の好い時間になっていた。

物語が好きだと言ったリコリスは、ロベルトが本の話をするといつも目をキラキラとさせながら話を聞いてくれた。周りが『つまらない』と切り捨てた話を彼女は心底楽しんでいるようだった。

変わってるな、と思ったロベルトがそれをリコリスに伝えると、彼女はきょとんとしていた。さらに『本の話をするとつまらないとバカにされた話』をすると、リコリスは少しムッとした表情で怒りはじめる。ロベルトに心ない言葉を投げかけた相手に、彼女はいつになく腹を立てているようだった。

「ロベルト、そんなこと言うひとのことは気にしなくていいのよ。だって、色んなことを知っているって、素晴らしいことだもの。教えてくれるひとがいるから人間は学べるのだし、この本の内容だって、あなたが翻訳してくれなければ私はわからないわ。それって、あなたがいなかったら私はこの素晴らしい物語に出会えなかったどころか、この物語を知らないままおばあさんになって死んでいたかもしれないってことでしょ？」

「まあ、そうだな……いや、そうだろうか？」

「絶対そうよ！」

そして、気遣うような目をしたリコリスは柔らかな声でロベルトに言う。

「だから、そんなおかしなこと言うひとのことなんて気にしないでね。私はあなたがしてくれる話が大好きだし、こうやってあなたとお話できて楽しいし、あなたとお友達になれてうれしいわ。あなたは物知りで素敵なひとよ、ロベルト」

ロベルトは呆然と目を見開いた。

友人として「ありがとう」と返事をしたいのに、うまく言葉が出てこない。心臓の音がとくとくと早くなっていき、じわじわと生まれた熱がロベルトの頬を赤く染めた。

すると、リコリスの柔らかな微笑みが次第にきょとんとしたものへと変わっていく。

そんなとぼけた表情ですら愛らしくて……そんなことを思った自分が気恥ずかしくて、ロベルトはリコリスから目を逸らす。

「ロベルト？」

「……妹とは、全然違うな……」

双子なのに、本当にリコリスはマーガレットとはなにもかも違う。

先ほどの周りから告げられたという悪口の半分以上はマーガレットから言われたものでもあるが、それを彼女の双子の姉であるリコリスは怒り、否定した。

なにより、マーガレットから貶されたロベルトのことをリコリスは認めてくれた。ロベルトの話が大好きで、ロベルトのことを素敵なひとだと言ってくれた。

全身が熱い。胸がきゅーっと締め付けられるような感覚がして、心臓の音がどくんどくんと先ほどよりも騒がしくなっていた。

「え？　なにか言った？」

「……いや、なんでもない」

ロベルトの独り言はリコリスには聞こえなかったようだが、聞こえなかったのならそれはそれでいい。そもそも、双子だからといってリコリスとマーガレットを比べるなんて、リコリスに失礼だ。リコリスとマーガレットはなにもかもが違いすぎる。もちろん、いい意味で。

顔を赤くしたロベルトに対し、リコリスが「熱があるのではないか」と勘違いをしてくれたので、ロベルトはその誤解に乗じてその日はそそくさとウィンター伯爵家を後にした。

馬車の中でいまなお赤い顔を両手で覆《おお》い、「はぁ……」と熱のこもったため息をこぼす。

（リコリス……）

緑色の瞳がロベルトを見つめて、優しく微笑《ほほえ》んでいた。おそらく世界一美しい微笑みだった。

さっきから胸が苦しいけれど、なぜかそれが不快じゃない。リコリスとふたりきりでいることが落ち着かなくて早めに帰ったはずなのに、またすぐにリコリスに会いたくなってきた。

ロベルトは髪を掻《か》き上げるようにして、片手で頭を抱える。

これが、ロベルト・フリーデルが本の中でしか知らなかった『恋』と呼ばれるものに落ちた、最初で最後の日のことだった。

「母上が父上にもらって一番うれしかったものはなんですか？」

ロベルトが淡々と問いかけると、次のパーティーに着て行くドレスを選んでいた母はくるりとロベルトを振り返った。そのロベルトと同じ紫色の瞳は今まで見たこともないくらい丸くなっている。

「あのひとにもらって一番うれしかったもの……？　突然なんの話？」

「いえ、後学のために聞いておきたくて」

「後学のため？　あなたが？」

母は訝しげな顔をした。

しかし、一応答えてくれる気はあるらしい。ドレス選びを中断した母はソファに腰を下ろし、立ったままのロベルトを探るような目で見上げる。

「聞きたいことは色々あるけど、まあいいわ。あのひとにもらって一番うれしかったもの、ねぇ……」

母は畳《たた》んだ扇《おうぎ》でたん、たんと軽く自身の手のひらを叩いた。そして、たっぷり考えてからきっぱりとした声で答える。

「婚約する前に、貴重な花の苗をもらったのが一番うれしかったかしらね」

そう言って、母は窓際にある小さな植木鉢を見つめた。

植木鉢には、一輪の白い花が咲いている。その植木鉢はロベルトが物心付いてからずっと母の部屋の窓辺にあって、半年くらいは咲き続けている。なおかつ、その花はこの部屋以外では見たことがなかった。

名前は覚えていないが、昔植物図鑑かなにかで見たことがある。遠く離れた小さな国にだけ生息している、めずらしい花。世話をしない日が少しでもあるとすぐに枯れてしまう……といったことが図鑑には書かれていたような気がした。

「なるほど、花の苗ですか……」

ロベルトにとってさほど心惹かれるものではないが、父から母への贈りものとしては納得だ。

母の唯一の趣味はガーデニングだった。

けれども、侯爵夫人が土いじりなんてと心ないことを言ってくる相手もいるので、周りには隠している。家族と、屋敷で働く使用人たちだけが知る母の秘密だ。

しっかりと答えてくれたのはありがたい。ありがたいが……

（あまり参考にならないな）

リコリスにめずらしい花の苗を渡しても、喜ぶ彼女を想像できない。いや、たぶん喜んでくれるだろうが、ロベルトが求めるような反応は返ってこないような気がする。

ロベルトは、リコリスをすごくすごく喜ばせるなにかを彼女に贈りたいのだ。それこそ、あのヒューゴも思い付かないような、なにかを。

「不満そうね」

「いえ、そんなことは」

すぐにそう返したが、長年ロベルトの母をやっている彼女にはなにもかもお見通しらしい。

母は楽しげに目を細めて笑った。

「ロベルト、相手になにかものを贈りたいと思ったときは、相手の喜ぶものを自分で考えて見つけるのが大事なのよ。みんなが喜ぶものを贈っても、あなたが喜ばせたいひとが喜んでくれるとは限らないでしょ」

「それはわかってます。ただ母上の意見もちょっと参考にしようと思っただけです」

しかし、結局参考にはならなかった。

そもそも母ではなくリコリスと歳の近い少女に話を聞けたらよかったのだが、生憎ロベルトに親しい女子の友人などリコリスしかいないのだから仕方がない。

(リコリスの喜びそうなもの……)

花、ぬいぐるみ、アクセサリー、ドレス……記憶を遡《さかのぼ》りながら考えて、考えて――そしてふと、ロベルトはあることを思い出す。

『……魔法や妖精が出てくる物語が好きですね。恋愛小説もよく読みます。あとは、絵本とか……』

(絵本……)

思い出した瞬間、ここ最近ロベルトの頭を悩ませていた霧がパッと晴れた。ロベルトは勢いよく母の方を振り返る。

「ハミルさんはまだ屋敷にいますよね」

「そうね。ハミル商会の馬車が外にとまってるから、まだいるんじゃないかしら……ちょ、ロベルトっ？」

「失礼します」

困惑する母を置いて、ロベルトは父と商人のハミルがいるであろう応接室へと向かった。

扉の前で耳を当て、中からふたり分の声が聞こえるのを確認してから、ロベルトは扉から少し離れた場所に立った。そのまま壁に背中を預け、静かにひとが出てくるのを待つ。本当は中に押し入ってしまいたいくらいだったが、そこはグッと堪えた。

一分、五分、十分……ロベルトにとってはじれったい時間ではあったが、そう長く待たされることもなく、応接室の扉が開いた。

「ハミルさん」

即座にロベルトは声をかける。

部屋から出てきた父と商人のガロン・ハミルは、突然現れたように見えたロベルトを振り返り、驚いたような顔をした。

けれどそこは商売人。ハミルはすぐに温和な笑みを浮かべる。

「これはこれは、ロベルト坊ちゃん。少し見ないうちに大きくなりましたね。子どもの頃のお父さんにそっくりだ」

「どうも。……あの、今度来るときに絵本を何冊か見繕って持ってきていただけませんか？」

「絵本、ですか？」

ハミルは意外そうな顔をした。

それもそうだろう。ハミルが貴族に売るのは高価な家具や装飾品、芸術品、めずらしい外国の特産物など。絵画を求められることはあっても、絵本を求められたことは少ないはずだ。

「はい。絵が綺麗で、魔法や妖精が出てくる世界の話で、大人が読んでも楽しめるような……あと、できればなかなか手に入らないものがいいです」

「ほう。誰かへのプレゼントですか？」

「そんなところです」

ハミルは少し考える素振りを見せた後、歯を見せてニッと笑う。

「わかりました。任せてください」

「すまないな、ガロン。息子が無理を言って」

怪訝な顔でロベルトを見ていた父が、ハミルを振り返り苦笑した。それに対してハミルは、にこやかに笑ったままゆったりと首を横に振る。

「いえいえ、とんでもございません。しかし、坊ちゃんは本当に旦那様の若い頃にそっくりだ。旦那様も同じくらいの頃、まだ婚約者でなかったアメリア様を喜ばせたいから外国のめずらしい花の苗が欲しいと私の父に――」

「ガ、ガロン、その話はいい……！」

父は焦ったようにハミルの背中をぐいぐいと押して、ふたりでどこかへと行ってしまう。

しかし、ロベルトももう用は済ませたので問題はなかった。

ロベルトは自室へと戻り、ベッドに仰向けに横たわる。いつもの天井を見つめながら胸の前で手を組み、その後祈るように目を閉じた。

祈ることなどひとつしかなかった。

いや、正確には複数あったが、その願いはすべてリコリスただひとりに向けられたものであることには間違いない。

ロベルトは、リコリスのあのキラキラとした笑顔が見たかった。あの美しい緑色の瞳に、自分だけを映してほしいとさえ思った。

それから数週間後、ハミルは数冊の絵本を持って再びフリーデル侯爵家へとやってきた。

彼が並べた本をゆっくりと眺め――とある一冊の絵本にロベルトは目を奪われる。

(リコリスに似てる……)

腰まである黒い髪、丸い緑色の瞳。表紙の真ん中に描かれた妖精と思しき少女は、リコリスに似ていた。

引き寄せられるように手を伸ばし、ロベルトはその絵本を手に取る。

「これはこれは、お目が高い。外国の人気絵本作家のデビュー作をこちらの言葉に翻訳して売り出したものらしいのですが、もともとの数が少なかったため今ではなかなか貴重な絵本だそうで。私も手に入れるのに苦労いたしました」

「値段は？」

ハミルから値段を聞き出した父の片眉が器用に上がる。『絵本一冊でそんなにするのか？』とでも言いたげな胡乱げな表情だった。

絵本にしては高すぎると言ってもいい値段だが、ロベルトはどうしてもその妖精の絵本をリコリスに贈りたかった。というか、もうその絵本しか目に入っていない。

ロベルトは隣に腰掛ける父を無言でじっと見上げた。『どうしてもこれが欲しいのだ』と、訴えかけるような真剣な目で。

やがて、父は根負けしたように肩をすくめる。

「……わかった、買おう。この子が他人へものを贈ることなんて、そうないだろうからな」

そうして、ロベルトはその絵本を手に入れた。

中身が少し気になったが、それはリコリスと会ったときの楽しみに取っておきたい。

絵本を渡したとき、リコリスがいったいどんな表情を見せてくれるのか、ロベルトは楽しみで仕方なかった。

「ありがとう、ロベルト。宝物にするわ！」

ロベルトの期待通り、絵本を受け取ったリコリスは心底うれしそうに喜んでくれた。緑色の瞳はキラキラしたりうっとりしたりと騒がしかったが、いつもより無邪気なリコリスもとても可愛らしかった。

そんなリコリスを見てしまうと、ロベルトはもうダメだった。

婚約者候補じゃないなんて関係ない。ロベルトはリコリスのことが好きになってしまった。リコリス以外とは結婚したくなかった。

（リコリスを妻にしたい。たとえ、リコリスがヒューゴを愛していても……）

欲に塗れた、歪《ゆが》んだ願いだ。

しかし、神の悪戯か、はたまた奇跡か、ロベルトのその願いは確かに叶ったのだ。

◇◆◇◆◇

「――……ルト、ロベルト」

「ん……」

「起きて、ロベルト。もう朝よ？」

揶揄《からか》うような柔らかい囁《ささや》きが耳に吹き込まれ、そのくすぐったさにロベルトは身動いだ。

重い瞼《まぶた》を徐々に持ち上げると、眩しい光とともにロベルトの愛おしいひとが穏やかにロベルトを見下ろしていた。

何度か瞬《まばた》きを繰り返す。鮮明になった視界に映る愛しい妻――リコリス・フリーデルは寝起きのロベルトを見下ろしてくすくすと小さく笑った。

「あなたがこんなにも朝に弱いだなんて、結婚するまで知らなかったわ」

「…………ああ、おはよう、リコリス」

「おはよう、ロベルト」

手を伸ばし、そのなめらかな頬をするりと撫《な》でる。

結婚してもう半年ほどたつが、いまだにリコリスが自分の隣で寝起きしていることに慣れない。

幸せすぎて、夢の続きを見ているだけなのではないかと疑ってしまいそうになる。

「ロベルト？」

「……なんでもないよ」

体を起こして、リコリスの頬におはようのキスをする。

リコリスは僅《わず》かに頬を赤くして、はにかむように笑いながら立ち上がった。

「さぁ、起きて支度をしましょう。もうすぐ朝食の時間よ」

笑顔のリコリスに手を引かれ、今日もロベルトの忙しない一日がはじまる。


ロベルトは貴族学院を卒業してから、王宮で王太子の補佐として働いていた。

周りからはすごいと持て囃《はや》されることもあるが、たまたま運がよかっただけで、自分が特別優秀だったわけではないとロベルトは思っている。ロベルトの物怖じしない性格や、複数の外国語を喋れる語学力が偶然王太子の目に留まっただけのことだ。

とはいえ、王宮での仕事はロベルトも気に入っている。やりがいもあるし、周りもロベルトと同じように勉強ばかりしてきた人間が多いからか、話も合う。皆貴族の家柄なので当然面倒な駆け引きやら腹の探り合いやらは日常茶飯事だが、貴族としてのプライドのようなものがほぼないロベルトはそれらを適当に受け流すのも得意な方だった。

「おい、ロベルト」

書類を持って王宮の廊下を歩いていたところで、ロベルトは突然後ろから声をかけられた。

ロベルトは気付かないふりをして、そのまま歩みを進める。その声がかつて自分の恋敵だった男の声だと気付いているからだ。

やがて、後ろの足音が大きくなっていき、その長い足がロベルトの横に並ぶ。

「おい、無視するなよ。聞こえてるだろ」

「仕事中だ」

「立ち話する余裕くらいあるだろ?」

「俺とお前が立ち話……?」

ロベルトは足を止めないまま鼻で笑った。

赤い髪、金色の瞳、白い騎士服。隣の男――王宮で働く騎士であるヒューゴは、呆れたような顔をして軽く肩をすくめる。

「ほんと嫌な奴だな。俺の方がいい男なのに、なんでリコリスもこんな奴を選んだんだか」

「……うるさい」

イライラしながら吐き捨てる。早くヒューゴを撒《ま》いてしまいたいが、目的地である資料庫はまだまだ先だった。

こんなにも苛立《いらだ》ってしまうのは、単純にこの男が幼い頃のリコリスの想い人だったからか。先ほどヒューゴが口にしたのと同じことを常々ロベルトも思っているからか。

リコリスとマーガレットの十八歳の誕生日会で起こった暴挙。それに伴って行われたふたりの男からのリコリスへのプロポーズ。

あの日、ロベルトは内心焦っていた。ヒューゴとマーガレットの婚約が破棄されることなんてどうでもよかったし、マーガレットからロベルトへの求婚なんて鼻で笑ってしまいそうなくらいだったが、ヒューゴがリコリスに求婚したときは今までにないくらい頭に血が上った。

幼い頃、リコリスはヒューゴのことが好きだった。ロベルトと婚約した後も彼女は長いこと塞《ふさ》ぎ込んでいたし、彼女の心にはいつだってヒューゴがいたのではないかとロベルトはずっと歯痒い思いをしてきた。

そんな男がリコリスに求婚したのだから、焦らないわけはない。

おまけにロベルトは自身の無神経な行動でリコリスを傷付けてしまっていたので、その件もあってロベルトはリコリスがヒューゴを選ぶのではないかと気が気じゃなかった。

ロベルトにそんなつもりはなかったが、マーガレットにリコリスと同じプレゼントを渡していたことでリコリスの心を傷付けたのは事実だ。ヒューゴに指摘されるまでそれに気付かなかった自分が情けない。

テランド伯爵家が破棄の経緯を公にすれば、ウィンター伯爵家の社交界での地位などあってないようなものになる。そうなれば、リコリスがすべてを捨ててヒューゴを選ぶこともありえるだろうと、ロベルトは毎日吐きそうな気分だった。

けれど、リコリスは長い時間悩んだ後、最終的にはヒューゴではなくロベルトを選んで、ロベルトとの結婚を受け入れてくれた。

フリーデル侯爵家にリコリスを連れ帰れたあの日が、ロベルトにとって最高の日だ。

（いや、結婚式の日も、俺とリコリスが初めて出会った日も最高の日だった。そもそもリコリスと結婚してから毎日が素晴らしいが……それはともかく……）

ロベルトは冷めた目でちらりと横を見た。

ヒューゴは足を緩めず、ロベルトの隣にぴたりとくっついて歩いている。このまま資料庫まで付いてきそうな勢いだ。

ロベルトはため息をつき、渋々足を止めた。

「……で、なんの用なんだ？」

「別に用ってほどのことじゃない。ただ、リコリスは元気にしてるのか聞きたかっただけだ」

「元気にしてる……お前は他人の妻を心配する前に、早く新しい相手でも見つけたらどうだ？マーガレットと婚約破棄して、新しい縁談が山ほど届いてるんだろ？」

「へぇ、随分詳しいな？」

「………」

ヒューゴがニヤリと笑い、ロベルトは口を引き結んで黙った。

別に、わざわざ調べているわけではない。だが、気になってしまうからかやたらと耳がヒューゴの噂話ばかりを拾ってしまっているのは事実だった。

マーガレットと婚約破棄してフリーになったヒューゴの元には今、多くの縁談が持ちかけられているらしい。伯爵家の次男坊で、見目のいい男で、しかも王宮で働く騎士となれば、まだ結婚相手の決まっていない女性たちからは引く手数多だろう。上手くいけば、ウィンター伯爵家よりもよほどいい家に婿入りできる可能性すらある。

正直、ヒューゴにはリコリスとはなんの関係もないところでさっさと幸せになってほしい。リコリスの愛情を疑っているわけではないし、今更心変わりなんてあってたまるかとは思っているが、それでも不安なものは不安なのだ。

「……いいからとっとと結婚してくれ。お前がいつまでも未婚だと、リコリスが自分のせいじゃないかって不安になるだろ」

「まあ、それもそうだよなぁ。でも、そんな簡単に気持ちを切り替えるなんてできないだろ？　俺だって、もしかしたらリコリスと結婚できるんじゃないかって期待した瞬間もあったし」

声はあっけらかんとしていたが、遠くを見る金色の目はどこか寂しげだった。

なにかひとつでも歯車が嚙み合わなければ、リコリスはこの男と結婚していたのかもしれない。

そうなったらきっと、この男はリコリスを幸せにしただろう。もしかしたら、今のロベルトよりも――

嫌な考えを振り払うよう、ロベルトは軽くかぶりを振った。他人のことなんてどうでもいいと思っているのに、リコリスのことになるとやけに後ろ向きな気分になってしまう。

口にはできない嫉妬心や劣等感を隠して、ロベルトは淡々とした声で言った。

「……もういいか？　リコリスには、お前は元気にしているとは伝えておいてやる」

「ああ、よろしく頼む。それと――」

ふいに向けられた金色の瞳が、ロベルトをまっすぐに射抜く。

「リコリスを不幸にしたら、絶対許さない」

「…………」

「忘れるなよ。じゃあな」

踵《きびす》を返して来た道を戻っていくヒューゴの背中を、ロベルトはじっと見送る。

（……そんなこと、言われなくてもわかってる）

とっさにすぐ言い返せなかったのは、ヒューゴの瞳が怖いくらいに真剣だったからだ。もしリコリスを不幸にしたら、彼は本当にロベルトを許さないのだろう。

ヒューゴは今もリコリスを愛しているのかもしれない――そう思うと、ロベルトの胸は微かにざわついた。

ヒューゴが今更なにかをしてくるとは、ロベルトだって思っていない。

ただ、幼い頃に眩しそうな目でヒューゴを見つめていたリコリスの姿を思い出すと、いまだにロベルトの胸はちくりと痛んだ。


その日、ロベルトはいつもより早めに仕事を切り上げて自宅へと戻った。妙に気持ちが落ち着かず、早くリコリスの顔を見たかったのだ。

しかし、帰宅したロベルトを出迎えたのは使用人たちだけで、そこにリコリスの姿はなかった。

「リコリスは？」

「先ほど大奥様と一緒に屋敷に戻られて、今はお部屋で休まれております」

「出掛けていたのか？」

「確か、マティアス公爵夫人からお茶会に招かれたそうで」

（なるほど……それは疲れるのも無理はない）

ロベルトは苦笑してから、リコリスの部屋へと向かった。音を立てぬよう扉を開け、静かに部屋の中に足を踏み入れる。

リコリスの姿はすぐに見つかった。

ソファに腰掛けて目を閉じる彼女は、よく眠っているようだ。侍女が気を利かせたのか、肩にはブランケットが掛けられていた。

ロベルトはそろりと近寄り、リコリスの隣にそっと腰を下ろす。そのまま無言で彼女の寝顔を見つめていると、自然とロベルトの頬は緩んでいった。

小さい頃から美しかったが、最近はますます美しさに磨きがかかっている気がする。母もそんなことを言っていたので、決してロベルトの惚《ほ》れた欲目というわけでもないのだろう。

ロベルトはそっと手を伸ばし、リコリスの頬にかかった黒髪を耳にかけてやる。起きてしまうかもしれないが、それもいいと思った。正直なところ、早く彼女の笑った顔が見たい。

ロベルトの手がリコリスの頬を滑り、淡く色付いた小さな唇を親指でなぞるように触れる。その柔らかな感触に引き寄せられるようロベルトが顔を近付けたところで、リコリスの眉がひそめられ、彼女は小さく身動《みじろ》いだ。

「んっ……」

「リコリス」

甘い、柔らかな声で囁いた。

すると、リコリスの瞼が小さく震え、そこから美しい緑の瞳が現れる。その瞳はぼんやりとロベルトを見つめ、何度かゆっくりと瞬いた。

「………ロベルト？」

「ああ、ただいま、リコリス」

ぼんやりとしていた緑色の目が見る見るうちに丸くなっていく。そして、彼女はソファの背にもたれかかっていた体をがばりと起こした。

「ロ、ロベルトっ？　……やだ、私、少し休むつもりだっただけなのに、気付いたら寝てしまって……！」

顔を赤くしておろおろしはじめたリコリスを見て、ロベルトはくすりと笑う。

「別に好きに休んだっていいだろう。それに、そんなに寝てたわけじゃない。俺が今日は早めに帰ってこれたんだ」

「そうだったの？」

「ああ。君の顔が見たくて、急いで帰ってきた」

ロベルトがそう言うと、リコリスは照れたような顔をして小さく笑った。

「おかえりなさい、ロベルト。今日もお疲れ様」

軽く抱きしめられ、ロベルトは改めて「ただいま」と返した。そして、執事の言葉を思い出しながら言葉を続ける。

「今日は母上と出掛けていたんだろ？　確か、マティアス公爵家のお茶会に招かれたとか……緊張しただろう」

「ええ、それはもう！　公爵家のお茶会に招かれたのなんて初めてだったから……でも、楽しかったわ。ローズマリー様のことは知ってる？」

話の流れ的に、マティアス公爵家のひとり娘のローズマリーのことだろう。話したことはないが、ロベルトも彼女の存在は知っていた。まるで王族のような高貴な雰囲気を纏《まと》った、美しい銀髪の女性だ。

「ああ。話したことはないが」

「ローズマリー様はね、ヒューゴのことが好きらしいの」

「……は？」

突然の言葉に、ロベルトの口から間の抜けた声が漏れた。

しかし、リコリスはなにかを思い出すように斜め上の方を見つめながら言葉を続ける。

「それで、色々ヒューゴのことを聞かれたのだけれど、私も彼とは話していない期間が長いからあまり上手く答えられなくて申し訳なかったわ」

「……そうか、あのマティアス公爵令嬢が……」

意外な展開だ。

しかし、ロベルトにとってそう悪くはない。遥《はる》かに格上の公爵家から縁談を持ちかけられたら、テランド伯爵家は断れない……というか、ヒューゴの父なら断らない気がする。

（今度会ったとき、軽く話を振ってやろう）

ヒューゴのうざったそうな顔が目に浮かんだ。

彼からしたら余計なお世話だろうが、ロベルトとしては早く新しい恋をして、ヒューゴにはリコリスのことを忘れてほしい。

結婚した今もライバル視しているなんて馬鹿らしいのはわかっている。それでも気になってしまうのは、ヒューゴがいい男だとロベルト自身も認めてしまっているからなのかもしれない。

「……君は、ヒューゴがローズマリー嬢と結ばれたらいいと？」

「それはわからないわ。お互いが会って、惹《ひ》かれあったならそうなるのは自然だと思うけれど。でも、ヒューゴに結婚する気があるのかどうかも私にはわからないし……」

「一応結婚する気はあるような雰囲気だったが……」

いや、そうでもなかったのだろうか。思えば、そのあたりは曖昧《あいまい》にはぐらかされたような気もする。

ロベルトが首を傾げていると、リコリスの緑色の目がぱちりと瞬いてロベルトを見上げた。

「ヒューゴと会ったの？」

「……あ、ああ、今日、たまたま……元気にしていると、君に伝えてほしいと言っていた」

「そう」

リコリスはふわりと笑った。

その笑みに複雑な気分になりながら、ロベルトは言葉を続ける。

「……それと、君を不幸にしたら絶対に許さないと言われた」

リコリスの目が見開かれた。かと思うと、彼女は声を上げてころころと笑いだす。

「ヒューゴらしいわ。そういえば、私が最後に会ったときも、あなたにそう伝えろってヒューゴは言ってたわ」

「まあ、あまり俺のことを信じてないんだろうな」

「そんなことないわ。ヒューゴはきっとあなたのことをわかってると思う」

リコリスがヒューゴと最後に話したときのことを、ロベルトはちゃんと聞けていない。いや、聞きたくないから聞いていないだけなのかもしれない。

リコリスは今でもヒューゴを大切に思っているし、それはヒューゴも同じだ。仕方のないことだとはわかっている。けれど、リコリスを愛しているロベルトには歯痒さもあった。

そんなとき――ロベルトの手をリコリスの両手がそっと包み込むように掴んだ。

驚いたロベルトが目を丸くしてリコリスを見下ろすと、リコリスは目を細めて優しく笑う。

「今度ヒューゴに会ったときに伝えて。『なにも心配いらない』って。だって私、あなたと結婚してからずっと幸せなんですもの」

これからもきっとそうよ。約束のように、呪文のように、よく通る声でリコリスはそう言った。

その笑みの、その声の、なんと美しいことか。

胸が締め付けられるような愛おしさに、ロベルトは目の前のリコリスを両腕で力強く抱きしめた。「ロベルトっ？」とリコリスが驚いたような声を上げたが、気にせずその細い体を胸に抱く。

幸せなのなんて、ロベルトも同じだ。そもそもそういった感情をロベルトに教えてくれたのがリコリスだった。

ロベルトはずっとひとりでも平気だった。周りのことなんて気にならなかった。

でも、リコリスにだけは傍にいてほしかった。彼女のことになると自分が自分でなくなってしまったように思えて、でもそれが嫌じゃなかった。

ロベルトを舞い上がらせるのも、落ち込ませるのも、いつだってリコリスだけだ。

リコリスだけがロベルトを見つけて、素敵なひとだと言ってくれた。恋を教えてくれた。傷付けたのに、それでもロベルトを愛してくれた。

愛おしくて、ロベルトはリコリスの髪に頬を寄せる。

すると、それがくすぐったかったのか、リコリスはくすくすと小さな声で笑った。

「ロベルト？　突然どうしたの？」

「リコリス、俺の可愛いひと。どうか、おかえりのキスを」

リコリスは目を丸くした後、目尻を下げて優しく笑った。そして、甘やかすようにロベルトの頬に軽いキスを落とす。

「おかえりなさい、ロベルト。私の大好きなひと」

そう言って、リコリスはまたはにかむように笑った。

たまらなくなったロベルトは、その唇に奪うようなキスをする。

長い口付けに、リコリスは呆気に取られていたようだった。唇が離れてロベルトと視線が交わると、丸くなっていた目を細めて笑う。

その美しい緑色の瞳には、ロベルトだけが映っていた。

ただそれだけのことが途方もなくうれしく思えるのは、長い間その瞳が赤髪の少年を追いかけていたことを嫌というほど知っているからだ。

ずっとその瞳に映りたくて、リコリスの一番になりたくて——だからこそ、彼女と結婚した今もまるで夢の中にいるような気分になる。

「……リコリス、愛してる」

「私もよ」

囁《ささや》きあい、もう一度、今度は触れるだけのキスをする。

窓の向こう、冬の夜空にはたくさんの星々が煌《きら》めいていて、まるでふたりの幸せを祝福しているかのようだった。

特別なプレゼント

ロベルトと結婚してから初めて迎えた冬、リコリスは頭を悩ませていた。

というのも、ロベルトの誕生日が翌月にまで迫っていたからだ。

「ど、どうすればいいと思うっ？」

「どうすればって……今まで通りなにかしら選んでプレゼントすればいいんじゃない？」

あっけらかんと言うマリーナに、「それじゃあダメよ！」とリコリスは力強く反論する。

「夫婦になってから初めて迎える誕生日なのよ？　なにか特別なものをプレゼントしたいじゃない！」

「リコリス、あなたって変なところでこだわりが強いわよね……」

「そうかしら？」

リコリスは小首を傾げた。マリーナは小さく苦笑しているが、リコリスは自分の主張がさほどおかしなことだとは思えない。

だって、結婚して初めて迎えるロベルトの誕生日なのだ。なにか思い出に残るものをロベルトにプレゼントして、ロベルトを喜ばせてあげたいと思うのは自然なことだろう。

（たぶんなにをあげても喜んでくれるとは思うけど、それはそれとしていいものをプレゼントしたいのよね）

心の中でそう呟き、リコリスは頭の中で考えを巡らせはじめた。

刺繍《ししゅう》入りのハンカチ、ネクタイとカフス、羽ペン、異国のめずらしい本――今までリコリスはロベルトに様々なプレゼントを贈ってきたものの、自分で言うのもなんだがまあ無難なラインナップだ。

奇をてらったものをプレゼントしたい……わけでもないが、ここ数ヶ月色々な店を回ってもピンとくるものをいまだに見つけられていなかった。

故に、自分よりも顔が広く、センスのいいマリーナに相談を持ちかけた次第だ。

しかし、フリーデル侯爵家に招かれたマリーナもさほどいい案は思い浮かばないようだった。

マリーナは紅茶を飲みながら「うーん」と小さく唸る。

「特別なもの、ねぇ……」

「なにかない？　流行りものにはマリーナの方が詳しいでしょ？」

「それはそうだけど、あのロベルトへのプレゼントでしょ？　彼ってあまり物欲もなさそうだし、身も蓋もないこと言うと、リコリスからのプレゼントならなんでもいいんじゃない？」

「もうっ、真剣に考えてよ！」

「真剣にって言われても……あっ」

そこでふと、マリーナはなにかを思い出したように声を上げた。

リコリスは僅かに身を乗り出す。

「なにか思い付いたの？」

「そういえば、ローランで異国のめずらしい腕輪が売られはじめたって噂をつい最近耳にしたわ」

ローランといえば、若い貴族の令嬢たちに今人気の宝飾店のことだ。上品で、それでいて可愛らしいデザインのアクセサリーが取り揃えられており、リコリスも何度かブローチやネックレスを購入したことがあった。

（異国のめずらしい腕輪……ローランで売られているならきっといい物だわ）

実際どんな腕輪なのかはわからないが、ローランの売りものなら間違いない気がした。

リコリスはすっと椅子から立ち上がる。

「今から見に行くわ」

「えっ？」

「ロベルトの誕生日までもうひと月しかないの。悠長にしている時間はないわ」

「そ、そうなの」

座ったまま呆気に取られたような顔をしているマリーナの手を取り、リコリスはにっこりと笑みを浮かべる。

「さっ、マリーナ、ローランに行くわよ！」

「……えっ⁉　私も行くの⁉」

「私ひとりだとちゃんといいものを選べるか不安だもの。おしゃれでセンスのあるマリーナの意見を聞きながら買わなきゃ！」

リコリスが笑顔で力強くそう言うと、マリーナは満更でもなさそうな表情で「まあ、暇だから別にいいけど」とのんびり立ち上がる。

そんなマリーナの手を引いてリコリスはフリーデル侯爵家の馬車へと乗り込み、ふたりは王都にある宝飾店ローランへと向かった。


「いらっしゃいませ」

品のいい笑顔の店員に出迎えられ、リコリスとマリーナはローランの店内に足を踏み入れた。

白を基調とした店内は照明と窓から差し込む光でいっそう明るく、店内に規則正しく並べられたアクセサリーたちはキラキラと輝いていた。

（いつ来ても圧倒されるわ……）

リコリスがうっとりとしながら宝石の輝きに目を奪われていると、隣のマリーナが一歩前へと踏みだして店員へと声をかける。

「異国のめずらしい腕輪を売りはじめたって聞いて来たのだけれど」

「はい、サロの腕輪ですね。こちらにございます」

そう言って店員が見せてくれたのは、金や銀で出来た丸い腕輪だった。幅や厚みなどが違うものがいくつもあり、表面に彫られた模様や嵌《は》め込まれた宝石の種類も様々と、なかなかにバリエーションに富んでいる。

並べられた腕輪をリコリスとマリーナがキラキラした目で眺めていると、再び店員がにこやかに口を開く。

「海の向こう、砂漠の国サロの装飾品でございます。あちらでは結婚指輪のように夫婦でお揃いのものを身に着けるのが流行っているそうですよ」

「夫婦でお揃いのものを？」

「ええ。例えば、お互いの瞳の色の宝石を埋め込んだ腕輪が人気ですね」

（私とロベルトなら、緑と紫の宝石を埋め込んだ腕輪をお揃いで身に着けるというわけね）

リコリスは腕輪をじっと見下ろして、緑と紫の宝石が埋め込まれた銀の腕輪と、それを手首につけたロベルトを想像した。

前髪をかきあげる仕草をしたロベルトの袖口からちらりと腕輪がのぞいて、緑と紫の宝石がキラキラと光る――そんな様を想像して、リコリスはほうと感嘆の息を吐く。

（すごくいいかもしれないわ……）

リコリスがうっとりとしていたところで、マリーナも明るい声で「これにすれば？」とリコリスに声をかけてくる。

「男女問わず身に着けられそうなデザインだし、お互いをイメージした宝石が付けられるって素敵だわ。ロベルトもあなたの瞳の色の宝石が付いてる腕輪なら喜びそう」

「喜んでくれるかしら……？」

「絶対に喜ぶわよ。ロベルトの世界はリコリス中心に回ってるんだから」

さすがにそんなことはないと思うけど……と苦笑しながら、リコリスは店員を振り返る。

「こちら、ペアで作ったらどれくらいの時間がかかりますか？」

「そうですね、今日腕輪の素材と模様のデザインなどをお選びいただいたとして……一ヶ月くらいでしょうか」

（ギ、ギリギリね……）

リコリスはマリーナと顔を見合わせた。

ロベルトの誕生日まであと一ヶ月。ギリギリ間に合えばいいが、もし間に合わなかったときのことを考えると悲惨だ。

しかし、この腕輪に出会ってしまった今となっては、これ以上にしっくりくるプレゼントなんて見つからないような気がした。事実、他に当てもないのだ。

リコリスは少し悩んでから、おずおずと店員に声をかけた。

「……あの、実は夫への誕生日プレゼントを探しているんですが、夫の誕生日がちょうど一ヶ月後で……」

「まあ、そうでしたの」

「ええ、ですからできれば一ヶ月以内に作っていただけたらありがたいのですけど……いえ、無理を言ってしまって申し訳ありません……」

「少々お待ちいただけますか？」

店員はにこやかに微笑んでから、さっと店の奥へと姿を消す。その後ろ姿を見つめながら、リコリスはハラハラと胸の前で手を握った。

「無理を言ってしまったかしら……」

「気にすることないわよ。無理なら無理ってあっちも言ってくるでしょ」

「そうね……」

（でも、できればこの腕輪をロベルトにプレゼントしたいわ）

いっそ、当日に間に合わなくても作ってもらおうか――そんなことをリコリスが考えていたところで、店員が足早に戻ってくる。

「お待たせいたしました。職人に確認したところ、腕輪のデザインによっては早めに作れるのではないかと」

「本当ですか？」

「はい。ただ、幅のあるものだとそのぶん作業時間が長くかかりますので、こちらの細いタイプの腕輪にはなるのですが」

「構いません。もともと細いデザインの腕輪がいいと思っていたので」

幅に厚みのある腕輪も大きな宝石や装飾ができて綺麗だとは思うが、自分やロベルトの手首には細めのデザインの腕輪がいいのではないかと、もともと考えていた。なので、店員からの申し出は渡りに船だ。

リコリスの返事を聞いて、店員は赤い唇に笑みを浮かべる。

「それはよろしゅうございました。では、奥の方でご希望のデザインなどのお話をお伺いしてもよろしいですか？」

「ええ、もちろん」

頷いた後、リコリスは後ろのマリーナを振り返った。マリーナも「よかったわね」とうれしそうに笑っている。

（ロベルトも喜んでくれるといいな）

ケースに並んだキラキラと光る腕輪を眺めながら、リコリスは期待と不安に胸を高鳴らせた。

◇◆◇◆◇

「誕生日も仕事だなんて、王宮の仕事って大変よねぇ」

ロベルトの母、アメリアの言葉に「ええ」とリコリスは頷く。

しんしんと降る雪の中、今日もロベルトはいつもと同じように仕事へと向かった。いつもと違ったのは、起きてすぐリコリスが「お誕生日おめでとう」と、おはようよりも先に声をかけたことくらいだろうか。

『なるべく早く帰るよ』

屋敷を出る際にロベルトに告げられた言葉を思い返しながら、本当に早く帰ってきてくれたらいいのにとリコリスの気持ちははやる。リコリスは二十一歳になったばかりの愛しい夫を盛大に祝いたくて仕方なかった。

「悩み事は解消されたようね」

「え？」

窓の外を眺めていたリコリスが振り返ると、暖炉の前の椅子に腰掛けるアメリアは穏やかに微笑んでいた。

「ここ最近ずっと不安そうにそわそわしていたでしょう？　でも、三日前くらいからはそわそわというよりもワクワクしてる感じだったわね。注文していたロベルトの誕生日プレゼントが無事届いたのがよっぽどうれしかったのかしら？」

なにもかも見透かされていたことにリコリスは驚き、僅かに頬を赤くした。

「わ、私ってそんなにわかりやすいですか？」

「そうねぇ……表情や態度が素直だからわかりやすい方かしら？　あ、でもロベルトは気付いてないと思うわよ。あの子、鈍いから」

付け加えるように告げられた言葉に、リコリスは微かに安堵《あんど》する。ロベルトにまで落ち着きのない自分を見透かされていたら恥ずかしくてたまらない。

リコリスははにかみながら口を開く。

「……実は、ローランでペアの腕輪を作ってもらっていて、それが三日前無事に出来上がったんです」

「まあ。ローランの腕輪っていうと、最近人気のサロ国の腕輪よね？」

「はい。なんとか一ヶ月で作ってもらうことができて、出来上がった腕輪もとっても素敵だったんです」

リコリスは店で見た腕輪を思い出しながらにこにこと笑う。

ケースにふたつ並んだ銀の腕輪は美しかった。あれならきっと、ロベルトも喜んでくれるだろう。

それに、ロベルトと一緒にあの腕輪を着けることができたら、リコリスもうれしい。

「それはよかったわね。あなたとお揃いの腕輪なんて、ロベルトはきっと大喜びするわよ」

「そうなったら私もうれしいです」

期待に頬を綻ばせるリコリスを見て、アメリアは「ふふ」っと小さく笑う。

「結婚してロベルトも変わったけど、あなたも少し変わったわね」

「そ、そうでしょうか？」

「ええ。明るくなったというか……昔よりもずっと活き活きしてるわ」

最近、マリーナにも似たようなことを言われた。確かに結婚してからリコリスは以前よりも前向きになったかもしれない。

リコリスは穏やかに目を細めて、アメリアと視線を合わせる。

「なら、それはロベルトと、お義母様とお義父様たちのおかげです」

「ロベルトだけじゃなくて、私と主人も？」

「ええ。フリーデル侯爵家のみなさんが私を受け入れてくれたから――私を家族にしてくれたから、今の私があるんだと思います」

ずっと、家にいるのが苦しかった。自分の生まれた家なのに、血の繋がった肉親なのに、リコリスはどうしようもなく孤独だった。

家が嫌いで、でも母に愛されたくて、けれど愛されなくて。

そんな自分が惨めで、大嫌いだった。

(でも、今は違う)

ロベルトと彼の両親がそんなリコリスを愛してくれた。ヒューゴとマリーナに背中を押されて肉親と決別したリコリスの新しい家族になってくれた。

生まれて十八年たって、ようやくリコリスは自分のことが好きになってきたところだ。ロベルトに愛されて、自分に自信がついてきたというのもあるのかもしれない。

リコリスの言葉にアメリアは目を瞬かせた後、少し照れくさそうに微笑む。

「あなたって本当にいい子ね。ロベルトにはもったいないくらいだわ」

「そんなことは……」

「あるわよ。あの子は夫に似て不器用というか、無神経というか」

愚痴っぽく言いながらも、アメリアの表情は柔《やわ》らかかった。

それからアメリアはゆっくりと椅子から立ち上がると、軽い足取りでリコリスの目の前までやってくる。

ロベルトと同じ紫色の瞳に見つめられ、リコリスは軽く首を傾げた。

「お義母様？」

「リコリス、ロベルトのことを好きになってくれてありがとう。私もあなたの母親になれてうれしいわ」

笑顔でそう言ったアメリアの両腕が広げられ、まるで包み込むように優しくリコリスを抱きしめてくれた。微かに甘い香水の匂いが香るその温かな腕の中、呆然としたリコリスの目に次第に涙が込み上げてくる。

ずっとこんな風に母から抱きしめてほしかった。マーガレットと同じように平等に愛してほしかった。でも、家族を捨てた自分にもうそんな日が訪れることは一生ないのだと、そう思っていた。けれど――

（……ありがとう、お義母様）

声を出したら本格的に泣いてしまいそうで、リコリスは唇を噛んだ。そして、おずおずと手を伸ばし、自身もアメリアの体を抱きしめ返す。

アメリアのドレスの肩口に頭を預けたリコリスの頬を、喜びの涙が静かに伝い落ちていった。

ロベルトが屋敷に帰ってきたのは、いつもと同じ陽が落ちて夜になった後のことだった。

玄関ホールの扉が開くと同時に、冷たい空気が屋敷の中に吹き込んでくる。それにぶるりとリコリスが体を小さく震わせていると、外套《がいとう》に身を包んだロベルトがするりと扉の隙間から室内へと入ってきた。

リコリスは微笑んで、外套を脱ぐロベルトへと歩み寄る。

「お帰りなさい、ロベルト」

「ああ、ただいま、リコ――」

ロベルトの声が不自然に途切れた。その紫色の瞳が軽く見張られたかと思うと、すぐに訝しむように細められる。

リコリスはきょとんと目を丸くした。

「ロベルト？　どうかしたの？」

「こっちへ」

「ロ、ロベルトっ？」

ロベルトに突如《とつじょ》腕を引っ張られて、リコリスの足はそのままふたりの自室へと向かった。リコリスは困惑しながらロベルトの後ろを歩く。

部屋に入り、扉が閉められると、ようやくロベルトはリコリスに再び向き直った。ロベルトの手のひらがリコリスの頬に添えられ、紫色の瞳が不安そうにリコリスの顔を覗き込む。

「……ロベルト？」

「泣いたのか？」

「えっ？」

「目と鼻の先が少し赤くなってる」

言われて、リコリスの頬に赤みが差した。

リコリスは顔を覆うように両手を頬に当て、身を翻《ひるがえ》す。それを引き止めるようにロベルトはリコリスの肩を摑んだ。

「リコリス？」

「こ、これは、その……」

「誰かになにか酷いことをされたのか？」

（え？）

ロベルトの突拍子もない発言に、リコリスは呆気に取られた。

しかし、彼は真剣な表情で相手は誰かと問いかけてくる。

「どこかの貴族か？　それとも使用人？　君の前の家族はこちらに近付けないはずだし……まさか、父上や母上が……」

「ちっ、違うわっ!!」

ロベルトがとんでもないことを言い出すものだから、リコリスはいつにない大声でロベルトの言葉を遮《さえぎ》った。そして、少し声のトーンを落として言葉を続ける。

「……確かにあなたの言う通りさっき少し泣いていたのだけれど、あなたが心配するようなことはないわ」

「そうか……ならよかった。てっきり誰かが君を傷付けるようなことをしたのかと」

「まさか。みんな私によくしてくれてるわ」

それにロベルトは少し安堵したような顔をした後、「じゃあ、なんで泣いたんだ？」と柔らかな声で尋ねてくる。

リコリスは赤面したまま目を泳がせた。

「そ、それは……」

「泣いたのは事実なんだろう？」

「……うれしいことがあって、感極まって涙が出てしまっただけよ」

「うれしいこと?」

ロベルトがじっとリコリスを見つめてくる。その視線の圧に負けたリコリスは、雪の降る窓の外を見つめながらおずおずと口を開いた。

「……さっきまで、お義母様と話していたの」

「母上と?」

「ええ。そのときにお義母様が、あなたの母親になれてうれしい、って仰ってくれて……私は実の母と不仲だったでしょう? だから、お義母様にそう言っていただけたのがすごくうれしくて……うれしすぎて泣いてしまったの」

泣いてしまった恥ずかしさを誤魔化すように、リコリスは小さく笑みを浮かべた。けれども、先ほどのことを思い出すとまた少し涙が出そうだった。

ロベルトは、ホッとしたような、でも少しさみしそうな顔をして、リコリスをそっと抱き寄せた。

「そうか……君が悲しい思いをしたわけじゃなくてよかった」

「ロベルト、心配してくれてありがとう」

リコリスがロベルトを見上げると、紫色の瞳が優しく細められ、無言で美しい顔が近付いてくる。それに釣られるように目を閉じかけたリコリスだったが、ふとあることを思い出しロベルトの胸を軽く押し返した。

目を丸くしたロベルトの腕の中からするりと抜け出して、リコリスは自室のソファへと速足で向かう。

「リ、リコリス？」

「待って。その前に大切なことを忘れていたわ」

「大切なこと……？」

「今日は一年に一度の大切な日でしょう？」

言って、ソファの上に置いていた箱を両手に持つ。綺麗にラッピングされた、三日前に受け取ったばかりのロベルトへの誕生日プレゼントだ。

「お誕生日おめでとう、ロベルト」

「ああ、そうか。ありがとう、リコリス」

「まさか忘れていたの？」

「いや、君に朝祝ってもらったし、帰ってくる前までは覚えていた。でも、君の赤い顔を見てどうでもよくなってたな。……開けても？」

リコリスはこくりと頷いた。

ロベルトがプレゼントの包装を丁寧に解いていくと、中からアクセサリーケースが現れた。それをしばし眺めた後、ロベルトはアクセサリーケースをそっと開く。

「これは……サロの腕輪か」

「知ってるの？」

「ああ。ローランでめずらしい腕輪が売っているという噂を耳にした。だが、実物を目にしたのは初めてだ」

ケースの中には、銀の腕輪がふたつ並んでいた。サイズ違いのその腕輪には同じ蔓草と花の模様が彫られており、ところどころに小さな紫と緑の宝石が埋め込まれている。内側にはふたりのイニシャルの刻印もあった。

リコリスはどこか得意げな笑みを浮かべながら、一回り小さい方の腕輪に指を滑らせる。

「夫婦や恋人がお揃いで着けるのが流行《はや》ってるんですって。私とあなたの瞳の色の宝石を埋め込んでもらったの」

「なるほど……」

ロベルトはケースから取り出した腕輪を目の前に掲げ、しげしげと眺める。そして、リコリスを見てにやりと笑った。

「いいな」

「本当？」

「ああ。君は俺のもので、俺は君のものって感じがしてすごくいい」

ひどくうれしそうなロベルトを見て、リコリスはほっと胸を撫で下ろす。結婚して初めての誕生日プレゼントは、ロベルトも満足のいくものだったらしい。

「着けてくれるか？」

「ええ」

腕輪と左手を差し出され、リコリスはロベルトの手首に腕輪を通した。ロベルトから「君も」と言われ、リコリスも自身の手首に腕輪を着けてもらう。

「素敵ね」

「ああ、とても」

お揃いの腕輪を付けた手を握り合って、ふたりは笑う。そして目が合うと、ロベルトはその手をリコリスの腰に回し、リコリスの体を引き寄せた。

「今度こそ、キスをしても？」

「……ええ」

照れながら頷いたリコリスが静かに瞼を閉じると、すぐに唇に柔らかな感触が重なった。

数秒後、ゆっくりと唇が離れ、ふたりはまた見つめあう。ロベルトの紫色の瞳がとろけるような甘さをたたえてリコリスを見ていた。

「リコリス、生まれてきてくれてありがとう」

「ふふっ、それは私のセリフでしょ。今日はあなたの誕生日なのよ？」

「そんなの関係ない。いつも思ってることだ」

「……もうっ」

呆れたように言いながらも、リコリスはロベルトのその惜しみない愛の言葉がうれしかった。

ロベルトが生まれてきてくれてよかった。ロベルトと出会えてよかった。リコリスだって、いつもそう思っている。

リコリスは花が咲いたように笑って、ロベルトを見上げた。

「さっ、食堂へ行きましょう。今日はご馳走よ。お義父様とお義母様も私たちを待ってるわ」

「……ああ」

少し名残惜しそうなロベルトの手を取って、リコリスは部屋の扉の方へと歩き出す。

お揃いの腕輪を着けたふたりはその後、家族水入らずの晩餐《ばんさん》を楽しんだ。リコリスにとっては人生で初めての幸せな誕生日会だった。

あとがき

初めまして。祈璃《いのり》と申します。

この度は『双子の妹になにもかも奪われる人生でした……今までは。』を手に取っていただきありがとうございます！

こちらの作品が私にとって初めての書籍化作品であり、そしてこれが初めてのあとがきになります。あとがきってどんなことを書けばいいんだろう……と頭を悩ませながら今パソコンと向き合っているところです。


こちらの作品、もともとは三万字程度の短編小説としてＷｅｂの投稿サイトに載せていたものだったのですが、有り難いことに編集さんからお声がけいただき、大幅に加筆して書籍化する運びとなりました。

正直最初は『今の三倍以上も私に加筆できるのか？』と不安だったのですが、リコリスとロベルトが徐々に仲を深めていくエピソードやロベルト視点の番外編など、一度書きだすと筆が止まらないくらい書くのが楽しかったです。

不憫な生い立ちの子が幸せになる話や、家族との確執がある話がとても好きなので、こちらの作品は私の好きを詰め込んだ作品になりました。

あと、なんといってもヒューゴですね。リコリスの元婚約者候補であり、本来であれば結ばれていた初恋のひとで、最後は主人公の背中を押して静かに去っていく……Ｗｅｂの投稿サイトで完結したときは『なんとかヒューゴを幸せにしてほしい』という声がとても多いキャラクターでした。

ヒューゴとロベルトは割と対極の存在として書いていて、イメージは『太陽と月』……みたいな感じでした。そんなふたりが同じ少女に恋をして、リコリスを苦しめた家族を突き放しながらバチバチと舌戦を繰り広げるシーンが一番書いてて楽しかったかもしれません。


今回イラストはくろでこ先生に描いていただきました。イラストに関してはくろでこ先生と編集さんにほぼすべてお任せしていたのですが、初めてリコリスとロベルトのキャラクターラフを見せていただいたときは本当に感動いたしました。リコリスがとても可愛くて、ロベルトがかっこよくて……！　ふたりの表情なども含めてとてもイメージ通りに仕上げていただきました。本当にありがとうございます。

また、右も左もわからない素人の私に丁寧に指示を出してくださった編集さんにも心より感謝しております。最初は不安でいっぱいでしたが、改稿も校正もとても安心して作業することができました。本当にありがとうございます。

最後になりましたが、この本を手に取っていただいた読者様にあらためて心より感謝いたします。まだまだ未熟ですが、少しでも楽しんでいただけたら幸いです。

またどこかでお目にかかれる日があることを心より願っております。

祈璃

Niμ NOVELS

同時発売

一匹狼の花嫁
〜結婚当日に「貴女を愛せない」と言っていた旦那さまの様子がおかしいのですが〜

Mikura

イラスト：さばるどろ

もっと早く貴女に出会えていれば……貴女に恋をしたんだろうな

「この鍵をあなたに」

フェリシアの首にはその膨大な魔力を封じる枷があった。

過去対立していた魔法使いと獣人両国の平和のため、
フェリシアはその枷をしたまま狼獣人・アルノシュトのもとへ嫁ぐことに。

互いの国の文化を学び合い、距離を縮めていく二人。

けれど彼からは「俺は貴女を愛せない」と告げられていた。

彼に恋はしない、このまま家族としてやっていけたら…と思うのに、フェリシアの気持ちは揺らいでしまう。

枷をとることになったある日、その鍵を外した途端に彼の様子がおかしくなって……。

すれ違いラブロマンスの行く末は……！？

Niμ NOVELS

好評発売中

目が覚めたら、私はどうやら絶世の美女にして悪役令嬢のようでしたので、願い事を叶えることにしましたの。

きらももぞ

イラスト：月戸

悪役令嬢、初恋を取り戻す！


『人の恋路を邪魔する悪役令嬢はすぐに身を引きなさい』

それは学園の机に入っていた手紙だった。

婚約者である第一王子から蔑ろにされ続け、諫める言葉も届かず置いていかれたある日。

ついにレティシオンの心は壊れてしまった。

——自分が何者なのかわからない、と。

そんなある日第二王子・ヴィクトールが現れると
兄との婚約を破棄して、自分と婚約をしてほしいと願い出てくる。

「レティシオン様のように努力できる人間になりたいです」

ヴィクトールからそう言われた初恋の、あの時の記憶がレティシオンによみがえってきて……？

Niμ NOVELS

好評発売中

偽装結婚のはずが愛されています
～天才付与術師は隣国で休暇中～

日之影ソラ

イラスト：すらだまみ

聞こえなかったのか？　俺の妻になれと言ったんだ

「フィリス、お前を俺の妻にする」

宮廷付与術師のフィリスは働きすぎで疲れ果てていた。

心の支えだった婚約者にも裏切られ、失意のどん底にいたところに
隣国の王子・レインから契約結婚を持ちかけられる。

そうして王子妃となったフィリスだけれど隣国で暇を持て余していた。

「働いてないと落ち着かない…」

付与術師としての仕事を再開するフィリスに、
レインは呆れながらも「頑張り屋は嫌いではない」と言って頼りにしてくれて……？

NiμNOVELS

好評発売中

アマーリエと悪食公爵

散茶

イラスト：みつなり都

君、いい匂いがする

私は決心した。悪食公爵にこの憎しみを食べてもらおうと――。

アマーリエは人の感情を食べるという悪食公爵を訪れる。

家族への感情を食べてもらいたくて。

現れたのは想像とは違う、不健康そうな美青年・サディアスだった。

彼は恐怖・憎しみを食べると体調を崩してしまうという。

「うーん、これは酒が飲みたくなる風味」「人の感情を酒のお供にしないでください」

けれどアマーリエの感情はおいしいらしく、悪食公爵の手伝いをすることになって……！？

Niμ NOVELS

好評発売中

断罪ループ五回目の悪役令嬢はやさぐれる
もう勝手にしてとは言ったけど、溺愛して良いとまでは言っていない
長月おと
Oto Nagatsuki
illust コユコム
Niμ NOVELS

断罪ループ五回目の悪役令嬢はやさぐれる
～もう勝手にしてとは言ったけど、溺愛して良いとまでは言っていない～

長月おと

イラスト：コユコム

あなたがほしいものは俺がすべて用意してあげる

「さっさと殺してくださいませんか？」

断罪されるのは、これで五回目。

繰り返される人生に疲れ果てたシャルロッテはパーティー会場の中央で大の字になった。

そこに突然、事態を面白がった大陸一の魔術師・ヴィムが現れて、
使役する悪魔とともに窮地を救ってくれる。

「あなたを俺のものにしようかと」

助けたお礼に求められたのは「シャルロッテを口説く権利」！？

迫ってくる彼に戸惑うも、いずれは飽きるだろうとシャルロッテは思っていた。

本当は面白みのない、ただの令嬢であるとわかってしまえば、きっと――。

けれど、彼からの溺愛求愛は止まらなくて……！？

NOVELS

ファンレターはこちらの宛先までお送りください。

〒110-0015　東京都台東区東上野2-8-7
笠倉出版社　Niμ編集部
祈璃 先生／くろでこ 先生

双子の妹になにもかも奪われる人生でした……今までは。

2023年10月1日　初版第1刷発行

著者
祈璃
©Inori

発行者
笠倉伸夫

発行所
株式会社　笠倉出版社
〒110-0015　東京都台東区東上野2-8-7
[営業]TEL　0120-984-164
[編集]TEL　03-4355-1103

印刷
株式会社　光邦

装丁
AFTERGLOW

この物語はフィクションであり、実在の人物・事件・団体とは一切関係ありません。
本書の一部、あるいは全部を無断で複製・転載することは法律で禁止されています。
乱丁・落丁本に関しては送料当社負担にてお取り替えいたします。

Niμ公式サイト　https://niu-kasakura.com/

ISBN　978-4-7730-6426-1
Printed in Japan